くるまの娘

車上的女兒

宇佐見鈴——著
葉廷昭——譯

車上的女兒

くるまの娘

宇佐見鈴——著
葉廷昭——譯

佳佳。耳邊依稀聽到，母親從廚房來到客廳，對著二樓大喊的聲音。佳佳，吃中飯，佳佳，吃晚餐。現在應該聽不到才對，但聲音似乎打破了夢境和現實的區隔。以前母親還會多叫幾個人吃飯。葛格、佳佳、底迪，吃飯。去年哥哥搬出去以後，就剩佳佳和底迪。今年春天弟弟也搬去和外公外婆住，只剩佳佳了。母親在樓下大喊的聲音不絕於耳。葛格、佳佳、底迪。葛格、佳佳、底迪。佳佳、底迪。佳佳、底迪。佳佳。佳佳。

光芒壓在佳佳的背上，熱力和光線集中在那蜷曲而突出的脊椎骨上。帶有明亮血色的光，沉積在緊閉的眼眸和眼角之間。每當微風吹來，光芒幽微轉暗。每吸一口氣，肺部就被灼熱汙染。額頭和頭髮也沾滿熱氣，一陣陣的微風牽動鼻子，帶走一絲絲左臉頰的溫度。佳佳感覺自己背了一個人，那個人的鼻息觸碰到她的肩膀。

窗外一直有校舍施工的聲音，聽起來好遙遠。在風勢的助長下音量大增，佳佳終於清醒過來。教室裡靜悄悄的，全是她不認識的人。揉了揉臉，右臉頰長時間壓在桌子上，壓出了一道痕跡，摸起來還濕濕的。佳佳發現自己又闖禍了，一顆心七上八下，趕緊把第四堂課的古文教科書，還有放在桌角的辭典收進書包裡。嘴裡有口水乾掉的味道。教物理的女老師看著害羞的佳佳，面無表情地說，同學妳終於睡醒啦。佳佳一抬頭，老師立刻轉移視線，繼續上課。

「佳奈子同學，妳是文組的吧？那妳該去其他教室囉。」斜後方的女同學好心提醒，兩人去年是同班同學。這間教室第五堂是物理課，文組的學生必須到小教室上課。佳佳起身離開，嘴裡嘀咕著沒人聽到的抱歉。打瞌睡還睡過頭這種事經常發生，睡到全班同學都換人了還是頭一回。佳佳常利用午休時間小睡，睡到下一堂課開始才連忙醒來。有時候全班都去操場了，她聽到上課鈴響，才在陰暗的教室裡醒來。

佳佳穿過其他同學的座位離開教室，來到玻璃帷幕的穿廊。學校外園的樹木好蒼翠，地理老師說過，那些樹木是開墾山地建立校舍時新種的。確實，學校的樹木沒有山林的土味，大熱天時草地也沒有蒸騰的濕氣。

佳佳晃晃悠悠地走向小教室，體育老師迎面走來，一看到佳佳便哈哈大笑。秋野，妳要不要緊啊？那是毫無惡意的笑法，就像在給人拍背打氣一樣。這個體育老師大剌剌的笑法，佳佳滿喜歡的。

「妳蹺課喔？」

「對，我蹺課。」佳佳心想，原來這就是蹺課啊。所謂的蹺課，不是應該憑自己的意志自由放蕩嗎？怎麼是像這樣順水推舟，不知不覺就蹺課了呢？佳佳缺乏蹺課的自覺，繼續往小教室前進。她走過設有白色長椅的轉角，從很有氣質的白髮婦人獨自經營的福利社前方經過，接著走上教職員辦公室旁邊的樓梯，朝小教室前進。然而，走到樓梯間的時候，雙腳自動走向更高的樓層，一步一步往上走。佳佳自言自語，叫雙腳停下，雙腳卻踏上了通往頂樓的階梯。近來，這種不受控制的衝動找上了她。

佳佳想起來，剛才的物理老師去年談到了慣性定律。在醫院聽著音樂盒演奏卡農的時候，在放學路上仰望藍天的時候，在教室吃著便當裡的小番茄的時候，佳佳會突然變成一個沒有心的物體，無法應對外在的變化。不是完全無法動彈，就是反覆做同一件事。這樣的現象持續了一年半。某天早上，佳佳一覺醒來神清氣爽，她控制不了自己的雙腿，走去五金行買了一條繩子，再到鎮上的一座小神社，將繩子掛上神社的大樹。回家泡澡的時候，母親打電話給班導，佳佳聽著母親在門外講電話，觀察浴缸的溫度計。水很燙，凍僵的身體都發疼了。大人們決定找佳佳談話，先是班導，再來是心理諮商師、醫師，對象不斷變來變去。母親受中風的後遺症所苦，父親只會罵佳佳逃學。哥哥厭倦這一切，離開家了。弟弟決定考外公外婆家附近的高中，隔年就去住外公家。佳佳在班上沒朋友，孤零零一個人，好在沒有被同學排擠。分組做功課的時候，也有人願意幫她。學校的功課好多，晚上家人都在吵架，也沒時間好好睡覺。佳佳動不動就請假，社團也沒有她的容身之處，下次遞交退社申請書算了。她跟班導也處不來，同學還說，班導稱呼她的父母為怪獸家長。那陣子佳佳提不起勁做任何事，念書和打掃都做不好，課也沒去上。

跟大人談話的次數越多，內容就越空洞。感覺他們講的每一件事都是原因，而自己怎麼說都不對。身體不受控制這個問題，佳佳怪在別人頭上，怪在已經發生的事情上。對話的過程中，佳佳好像找出了問題的癥結，也跟那些大人道謝。可是一走出戶外，雙腳一踏上碧綠的草地，她又推翻了原先的想法。帶有熱度的某種情緒，一說出口就會扭曲失真。尤其談到母親兩年前中風住院，佳佳總是一句話也說不出來。母親一開始好像是在職場出現中風症狀的，佳佳不記得自己當初接獲通知的反應。看著母親受麻痺和其他後遺症所苦，她也忘記自己是怎麼想的。不過，在特定的夜晚，她會不斷回想。當夜風斷斷續續打在屋頂上，活像在打顫的時候；當有家長騎著腳踏車，載小孩騎上外頭坡道的時候。腳踏車遠去，只留下小孩高亢的聲音，猶如鈴鐺的清脆聲響。同行的家長聲音比較低，早已先融入夜色，再也聽不見。

食材要先用熱水洗過，這是母親在電視上學到的技巧。母親在透明的碗公裡倒水，放入剪成小塊的雞肉。母親出院後，左半邊的身體麻痺，還在復健治療，因此做菜時用剪刀代替菜刀。佳佳在一旁念書準備定期測驗，母女倆順便聊聊天。佳佳談到上禮拜她們一起去看的電影，母親突然不說話了。

抬頭一看，母親雙手撐在流理臺上，一臉茫然。

佳佳馬上就知道了，她問了母親幾個問題，例如這陣子附近開的麵包店，還有她去探病時送了什麼花。母親的表情都像在對她說，小朋友妳問錯人了。面對那陌生的表情，佳佳只能露出尷尬的笑容。她想起那一天看完電影，她們在路上討論電影哪裡好看，哪個演員的演技好爛。陽光灑落行道樹的景色好漂亮，卻再也不能提起了。

雞肉變白了，母親說煮太熟了，扭開水龍頭清洗碗裡的雞肉。母親臉色發白，用濕滑的雙手摳抓臉頰，不停扭動脖子。這時候，外面傳來一陣單調的電子鈴響。母親放下雞肉，前往洗手間拿洗好的衣服。佳佳叫母親去休息，一家人事先商量過，母親行動不方便的這段期間，要幫忙做其他的家事。可是，母親狠狠甩開佳佳，上半身鑽進洗衣機裡，拿出衣服晾曬。

室內的日光燈好暗，絲絲白光照入母親及肩的長髮。母親穿著尼龍製的桃色睡衣，睡衣都褪色了，身子一動背上就產生淺淺的皺褶。襯衫自母親的左手滑落，母親彷彿再也沒興趣收拾衣服，從洗衣機旁邊退開，在客廳走來走去。佳佳蹲下來撿襯衫。

就在這時候，佳佳聽到撕裂空氣的巨響。母親用雙手抓住頭髮，像小女孩抓住自己的髮辮一樣，整個人跪倒在地。剛才是母親尖叫的聲音，母親對著空蕩蕩的地方尖叫，前後搖晃腦袋。

佳佳當下想到，母親以前不是這麼脆弱的人。生病以後，簡直變了一個人，動不動就掉眼淚，佳佳認為激勵母親是自己的責任。看著母親嚎啕大哭，如同小朋友蹲坐在超市鬧脾氣的模樣，佳佳反而很冷靜。她想安慰母親，輕描淡寫帶過。佳佳跑到母親身旁，作勢要牽她起來。佳佳本來想說，媽，又不是小孩子了，妳就別哭了啦。可是，當她要開口時，淚水滑落下巴。實際說出口的，也只有「……媽。」

媽，媽……佳佳喃喃地呼喚母親。她跪了下來，臉頰貼在母親沉默的背上，磨蹭了好久不肯停下。

佳佳不由自主地爬上樓梯，越爬越高，一路朝天空邁進。身體膨脹得好難受，話說憂鬱這回事，就是身體變得跟水球一樣吧。好比每天把水球放在柏油路上拖行，碰到一點點不平順就會破裂。佳佳爬上頂樓，身體撞到門板，終於停下來了。她擰轉門把，頂樓的門果然鎖住了，沒法出去。佳佳把臉貼在門板上，掛念著門後的天空，慢慢蹲了下來。明明現在沒有那個念頭，想像力卻快了好幾步。她猜想，至今有多少學生的幻影，從這扇門的窗外落下呢？

佳佳愣了好一會，窗外有小鳥飛過，意識又被拉回現實。五官感受著炫目的陽光，佳佳若有所思，她總是不自覺地沉浸在過往。從那時起，母親的身體也慢慢恢復了，多少還是有麻痺和健忘的問題，但不仔細觀察已經看不出來了。

佳佳肚子餓了。早上去便利商店買飲料，找來的零錢還放在裙子口袋，乾脆用那些錢去福利社買點吃的好了。她好不容易撐起身子，就聽到學校廣播，叫她去辦公室一趟。佳佳慌了，以為有人在注視她的一舉一動。實際到了辦公室，才知道不是這樣。班導一邊整理桌上文件，還問她怎麼沒去小教室上課。接著，班導說母親要來接她，要她先去教職員停車場等候。

＊＊＊

穿過體育館後方，來到教職員停車場，佳佳站在百葉箱的影子上。隱約聽得到吹哨子的聲音，天上的雲彩明亮，還透著日光。她看到一個景象，以為下起了太陽雨。水池有五、六隻水蜘蛛游動，水面上波紋層層疊疊，害她誤以為下雨。

氣溫有點涼，佳佳把綁在腰上的運動外套拿起來穿。一整排樹木的葉片隨風搖曳，佳佳凝神遙望道路遠方，等待一部翠綠色的車子，在天光中爬上坡道。

「妳坐前面喔。」

母親打開車窗，從駕駛座探頭出來。佳佳很在意排在後方車輛的視線，趕緊繞到副駕駛座，一屁股坐進車內。書包連同背帶都塞到腳下，塞好後用力關上車門。天色突然暗了下來，明暗落差讓她有種暈眩感。

母親叫她喝茶，佳佳低頭看到置物架上有兩個插著吸管的紙杯。兩個紙杯都裝著茶色的飲料。

「兩杯都是茶？」

「沒有，一杯是可樂。」

母親看著前方回答。

佳佳很好奇，想釐清到底出了什麼事。從母親的態度來看，顯然不是好事情。那麼，是誰碰上了壞事呢？佳佳打斷思緒，不做不吉利的猜想。

佳佳一坐上車就開始冒汗，出汗後又逐漸發冷。她拿起結露的紙杯，另一手繫上安全帶，順勢望向後方。後座塞了不少行李。佳佳問母親要去哪裡，母親說去片品村。

「聽說奶奶快不行了。」

母親長按兩次喇叭，似在宣洩心中不滿。之後面無表情地踩下煞車，車子劇烈震動。前方號誌轉紅燈，車頭正好壓過停止線。母親拿起另一個紙杯喝飲料。

「是喔。」佳佳沒有多說什麼。從母親身上看不出平時劇烈的情緒波動，或許是不願讓自己沉浸在婆婆即將死去的悲傷中吧。這種態度也影響到佳佳。佳佳喝完汽水，把紙杯放回架上。

「我們現在要去醫院？」

「妳哥已經先去了。妳爸剛才在公司接到消息，也搭上新幹線了。」

佳佳看著前方的道路，前方路途灰濛濛的，彷彿黏上了一層薄紙。她不記得父親有說過奶奶的好話，帶家人回去探親時，雙方的關係也頗為疏離。這幾年來，他們也都沒有回去探望奶奶。

耳根子好不清淨，行道樹的樹蔭下傳來難以忍受的蟬鳴聲。過馬路的行人手持遮陽傘，傘面反射白光，讓人感受到外頭的熱氣。腳下的冷風接觸肌膚，大腿後側也有裙子皺成一團的觸感。雙腿的肌膚都黏在一起，佳佳打開膝蓋透氣。

現在她才想到，原來哥哥也會來？哥哥和職場的同事結婚，搬去栃木生活，跟家裡幾乎沒有聯絡。奶奶情況不樂觀一事，據說是透過大嫂轉達的，母親說哥哥應該會第一個趕到。

奶奶已經陷入彌留，哥哥也確實趕上了。到關西出差的父親就沒趕上，奶奶是下午三點走的。父親和母親約在埼玉的車站會合，母親在慢車道讓父親上車。副駕駛座的佳佳，看到西裝革履的父親坐在長椅上，父親跟平常一樣駝著背。電車即將發車的廣播，還有車掌的招呼聲，坐在車子裡都聽得到。電車發車的同時，照耀車站的豔陽外溢四散，照亮了導盲磚和銀色扶手。

父親一看到母親，立刻舉起一隻手站起來，駝背也更明顯。母親向父親不知道說了什麼，父親點了點頭。佳佳離開副駕駛座，坐上塞滿行李的後座，等待他們出發。外頭起風了，樹梢搖曳，好像枝葉內有透明的空氣湧出來似地。父親走向車子，有隻鴿子飛過他面前。父女倆平日也常見面，佳佳卻感覺好久沒看到父親了。

＊＊＊

父親一關上車門就說，剛才他下樓梯時，看到一個很像大大的男孩。佳佳吃了一驚，神情憔悴的父親放好行李後，彎腰進入駕駛座，沒再讓母親開車。父親的語氣有些亢奮，他說自己盯了那個男孩好久，可能是認錯人了吧。

車子繞過圓環開進狹窄的道路，天色又轉陰了。白茫茫的視野瞬間恢復正常，佳佳眨了眨眼，又看到好多東西，好比褪色的郵箱、緩慢運轉的空調室外機、居酒屋外的綠色酒瓶和箱子等等。

「那孩子長得好看嗎？」原本神情緊繃的母親，似乎也鬆了一口氣。父親稍微瞟向後照鏡，隨口應和了母親。

父親提到的大大，是佳佳的兒時玩伴。小學念同一間學校，有兩次同班經驗。嚴格講起來，大大和哥哥的關係比較密切，他們都是同一個足球隊的成員。大大在球場上常有不錯的表現，父親才特別有印象。母親以前也常稱讚大大是個好孩子，而且長得好看。後來佳佳念私立中學，跟大大不再有交集，母親偶爾看到對方，還是會跟佳佳報告近況。

「他應該不會來這麼遠的地方吧？」

「你一直盯著人家，人家沒有覺得奇怪嗎？」

「沒發現吧。」

這一條狹窄的站前道路，有二手服飾專賣店和餐飲店。車子開過這條路，沒多久又遇上紅燈。路邊的便利商店有一座寬敞的停車場，停車場對面有一棟褪色的二丁掛建築，外牆標示綠色的青年會館字樣。一旁的運動場有幾個孩子在奔跑，孩子們發出嘻鬧聲蹦蹦跳跳，聲音幾乎大到能把陽光的熱力驅散。不遠處，有個小女孩躲在小棵的櫻花樹下。女孩躲久了沉不住氣，探頭出來對其他小孩開著玩笑，如願被抓到了。小女孩也一起奔跑著，盛夏的陽光再次落下，將一切打上強烈的白光。佳佳心想，怎麼每個小孩都有一頭柔軟又晶亮的秀髮呢？可惜隨著年紀增長，那頭秀髮會慢慢失去光澤，變得又黑又硬。

「對了，之前我去接佳佳的時候，有遇到大大的媽媽呢。她剛好經過我們家，還關心底迪最近怎麼樣。我就奇怪，為什麼她也叫底迪？後來我才想起來，她以前也是這樣叫底迪沒錯。我就跟她說，底迪已經念高中了，學校離這邊有段距離，所以住在我娘家。她聽到底迪已經念高中，還嚇了一跳。或許在她的印象中，底迪一直都是小寶寶吧，她只記得以前禮拜天，我們帶底迪去看葛格踢球的事情。」

「嗯，對啊。」佳佳的語氣有些低沉，小時候她跟弟弟不一樣，總吵著不想去看比賽。她擔心母親舊事重提，好在母親並沒有提起。

「男孩子啊，一轉眼就長大了。不曉得底迪現在怎麼樣了？」母親喃喃自語，還嘆了一口氣。父親沒有答話，佳佳代為回答：

「他沒變啦，今年春天才剛升高中呢。」

「萬一他交女朋友了怎麼辦吶？」

「今天問他啊。」

母親只說了一聲好，車子剛好開過轉角。

「佳佳，明年春假妳會考駕照吧？」

「我不會考駕照，反正住家裡，搭電車就好了啊。」窗外騎機車的男子，身上的白襯衫隨風鼓脹，看起來好耀眼。

「講是這樣講，妳哥現在不就搬去栃木了？未來還是用得到啦。」

佳佳不置可否，調整了一下坐姿。

那一刻，佳佳突然想起大大以前說過的話。妳爸看起來好年輕喔。

小時候老師規定要帶家人的照片去學校，大大經常靠過來看，還誇讚了家人。妳哥哥足球好厲害喔，妳媽媽長得好漂亮喔。

「有嗎？」年幼的佳佳看著照片，那是她剛上幼稚園拍的。照片中的父親清秀儒雅，站在種滿花草的玄關，稍微瞇著眼睛，眼神有些陰沉。憂鬱的表情確實有幾分青年氣息。一個小學生說大人很年輕，聽起來滿奇怪的，但這番話給人一種老成的感覺。

有一次全家人要去旅行，所以佳佳提早離開學校，大大也是一臉佩服地說，你們家人感情真好。

那是一趟車宿之旅，顧名思義，就是睡在車上的意思。每次家族旅行，都是睡車上。父母會事先商量好哪種車子空間才夠。先放倒第二排後座和第三排後座，鋪上一層墊子弭平高低落差，然後遮住窗戶，裹著毛毯或睡袋休息。母親會在下課時間來接小孩。

「我們家感情有很好嗎？」佳佳跟平常一樣半信半疑，花圃裡有個小拱門是用乾枯的植物編成的，佳佳彎身鑽進小拱門裡，還補充了一句：

「我們家只是想省錢。因為爸爸小氣，不肯住旅館。」

「省錢！」大大用石頭在花圃的紅磚上畫線，聽到這句話竟然笑倒在地，睫毛間還掉下了晶亮的水珠。

「笑什麼啦。」佳佳正要發難，但她發現自己的頭髮被枯枝勾住了。轉頭一看，原來是卡到一種帶刺的植物種子。大大嘲笑佳佳，笑得更開心了。大大用手撐起身子，打算幫佳佳拿掉種子。佳佳嫌棄大大手髒，不希望他碰到自己的頭髮。正好母親來了，訝異地問他們在幹什麼。佳佳還記得，母親和大大幫她取下種子，兩人都笑她傻。

母親帶佳佳上車後，還調侃佳佳是不是喜歡大大。佳佳坐在副駕駛座上否認了，用喜不喜歡來解釋那種溫柔善良的秉性，總覺得是一件很失禮的事。

「大大他人很好啦。」

「這樣啊。」母親笑了。

「媽，大大喜歡的是妳啦，他說妳很漂亮。」

「哎呀，那我們兩情相悅囉？媽媽也覺得他很帥呢。」母親開了一個玩笑，還偷看一旁不講話的佳佳，調侃佳佳在吃醋。

車子正好開過一個大彎，不曉得母親還記不記得那段往事？

母親並沒有失去中風以前的所有記憶，反而是發病後的記憶比較容易遺忘。醫生說那叫順行失憶，母親對此感到苦惱，因此特別執著於自己記得的往事，尤其是孩子們兒時的點點滴滴。佳佳頭髮被纏住的往事，是母親中風前發生的，也許母親還記得，但佳佳也不想提起。她相信母親還保有一些不會遺忘的回憶，不需要她特地確認。

父親打開收音機。

「又是這首歌。走到哪都是這首歌，便利商店也在放這首歌。」佳佳喝了一口水。

「是嗎？」父親反問佳佳，母親搶著說她上班的地方也都放這首歌。

「放來放去都是戀愛的歌。怎麼不多寫一些愛犬愛貓，或是喜歡的食物再也吃不下的歌呢。」

「唉唷，這種歌誰聽啊？」

佳佳的手機有陌生來電，是哥哥打來的。哥哥說，他要先回櫔木載老婆。哥哥熟悉的嗓音多了一絲溫柔的氣息，可能是久未聯絡，或是隔著電話的關係吧。

「很多事大伯他們都安排好了，交給他們應該沒問題。還有，我大概今天就會開到片品村了。」

佳佳轉達哥哥的話，母親的表情比較開朗了。

「他聲音聽起來怎麼樣？」母親關心哥哥的近況，佳佳刻意睜大眼睛，裝出笑臉，說哥哥的聲音聽起來很有精神。

「今天開到日光一帶應該沒問題，時間會比較晚就是了。」父親的聲音很低沉。

「看有沒有時間一起吃飯？」佳佳轉達母親的要求，卻換來哥哥的嘆息。哥哥的答覆很簡短，而且聲音小到幾乎聽不清楚。

「是可以啦。」

「要跟他講嗎？」佳佳把手機交給母親，話題變成一家三口今晚要住哪裡。母親一開始有點緊張，沒一會又開始碎碎念，還問哥哥可不可以去他家住。佳佳聽著母親講電話的聲音，瞧見窗外有一大排紅色車燈。原來塞車了，國道上起霧，灰濛濛一片，一點也不像白天。遠方只看得到建築物模糊的輪廓。一片灰白的景象透出號誌燈的紅色，看上去特別醒目。

「妳哥說，以前一家人常車宿，看我們要不要重溫一下那種感覺。」

母親掛斷電話，把手機還給佳佳。開車的父親有意見，他不懂母親怎麼會突然提起車宿。

「車宿，車宿。對啊，我們以前常常那樣呢。」母親反覆唸著車宿。車宿兩個字，在母親心中好像突然有了特殊涵義。這幾個字勾起她的回憶，她提起以前一家人開車去伊豆、山中湖、新潟等地。

「可是，現在安排太晚了吧？」父親不大願意。

「需要什麼再買就好了啊。卡式爐和墊子之類的東西，車上都有吧。我們以前去丸沼那一次，不是都有準備嗎？」

「去滑雪那一次對吧？」佳佳幫腔，母親也說那次旅行她記得很清楚。正好車子開過中古車商、加油站、披薩店，還有幼稚園和住宅區。偶爾還看到神社和商業設施，那些商業設施有百圓商店和玩具店。

「不錯耶，這趟旅行肯定很開心。大家一起泡溫泉，在車上喝喝酒，吃點零嘴什麼的。」

母親看著窗外的街景，一副很開懷的模樣。

＊＊＊

天上的雲彩越來越陰暗了，高架橋下車水馬龍的噪音，在前方道路凝聚成一股狂風呼嘯的聲響。佳佳仰望天空，天色好暗，雲彩比較薄的地方，也只看得到一點黯淡的光芒。

「這天氣會下雨啊。」

走出店鋪，父親站在車子旁邊抽菸，預測著天氣。父女站在螢光燈的看板下，周遭的景物好朦朧，或許是螢光燈的光芒太弱的關係吧。

佳佳陪母親走進路旁的藥妝店，裡面冷到她受不了，自己一個人先跑出來。店內有大型的電風扇，上方吊著一張張優惠日的宣傳海報，被風吹得晃來晃去。賣防蚊用品的地方同樣有個隨風搖擺的吊飾，上面畫著眼睛變成叉叉的蚊子。經過鍍膜加工的吊飾，每次被風吹動，就會反射日光燈的白光。走道上的嬰兒車裡，小寶寶穿著水藍色的衣服，伸出手指發出嘻嘻哈哈的聲音，套著襪子的小腳動個不停，襪子上有湯瑪士小火車的圖樣。等著結帳的婦女要小寶寶忍耐一下，很快就好了。旁邊有個小男孩，應該是小寶寶的哥哥吧，壓扁了收銀機旁邊吊著的軟糖包。

戶外吹起潮濕的暖風，佳佳的皮膚還殘留店內的寒氣。感覺有小石頭進到鞋子裡，低頭一看，鞋尖的網布上有螞蟻在爬。佳佳想弄掉螞蟻，螞蟻反倒爬上腳踝了。

「以前爺爺去世的時候啊。」

父親看著佳佳趕螞蟻，沒頭沒腦地提起爺爺的事情，佳佳一邊回話一邊抖腳。父親沒由來地提起沉重的話題，也不是第一次了。而且每次談起這種話題，語氣也不是特別嚴肅。

「我竟然哭了呢，連我自己都嚇一大跳。不過，這次應該哭不出來吧。」

「啊，是喔。」

佳佳回答，又看到螞蟻爬上鞋子。她發現腳邊有蟬或是某種昆蟲的屍體，於是脫下其中一隻腳的鞋子，用單腳站立的姿勢拍掉上面的螞蟻。佳佳知道父親在看她趕螞蟻，她刻意用大動作拍打鞋子，不願正視父親的臉龐。

「無所謂啊，反正你們有很多過節不是嗎？」

「我只是覺得，自己很像冷血動物。」父親吐出煙圈。

佳佳說不出得體的話，也不知道該做何表情。她不置可否地沉吟一會，就這樣一句話都沒說。猶豫到後來，父親菸都抽完了。

「是嗎？我不這麼認為呀。」佳佳好不容易才說出這句話。

「是喔。」父親給了模稜兩可的答覆，探頭張望藥妝店內。

「我去看看。」佳佳逃離了父親。

「嗯。」父親回車上發動引擎，車身震動好像在打哆嗦。佳佳避開螞蟻爭食的昆蟲屍體，回到藥妝店內。

她反覆默唸著冷血動物這四個字，聽起來好愚蠢，真令人傻眼。她想起以前電視臺播放的兒童節目中，全身留著藍色血液的怪物。

父親外觀上是正常人，只是脾氣一上來，就會展現出判若兩人的殘酷。那樣的夜晚，家中會出現一個瘋子，對她口出惡言，拳腳相向。

或許這種事在其他家庭也司空見慣吧。可是，暴怒的父親，總讓她不由自主感到害怕。她不想害怕自己的父親，但本能不允許。每次父親被那種發作般的癲狂支配，佳佳就會怕到全身僵硬、呼吸急促。父親造成的不只是身體的疼痛，他會揪住佳佳的頭髮，一把拉過來，嫌棄佳佳長得噁心，然後一把甩開，活像在甩蟲子一樣。父親會用變調的語氣，命令佳佳不准用那張醜臉看他。有時候，父親還會刻意用哄小孩的語氣損人。父親最常說的是，唉唷，小佳好口年喔。小佳腦袋瓜好笨喔，怎麼頂著一張蠢臉亂講話咧？

保護自我的薄膜被暴力粉碎以後，再也抵抗不了羞辱的言語侵占內心。父親甚至不允許她蜷曲在地上摀住耳朵，只能任由惡言惡語灌滿裡裡外外。有一天晚上，佳佳發現自己明明沒被性侵，睡覺時卻習慣護著胸口和身體。被揍帶給她的羞辱感，才是最難忍受的。

最近父親比較少打人了，弟弟說是變老的關係。說不定父親有意改過吧。佳佳無法原諒父親的暴力，但偶爾看到父親溫情的一面，她又好困惑。半夜發燒，父親會不辭辛勞帶他們去看醫生。佳佳小時候想要巧虎的圖畫，父親也努力畫給她。佳佳訴說自己在學校碰到的問題，父親還會跑去學校跟老師吵架。父親既不是全身留著藍色血液的怪物，也不是冷血動物，這讓父女間的感情更加複雜。

佳佳抬頭仰望二樓時，正好看到母親在鬧脾氣。母親從樓梯上走下來，一見到佳佳就擺了張臭臉。

「感覺好差。」母親走下樓梯，抱怨了一句。

「怎麼啦？」

「我買的仙貝啦，真討厭。」
「先去外面吧。」佳佳輕撫母親的背部，帶她一起走出店外。母親哽咽地說，剛才的小男生故意把零嘴都壓碎了，她買到的全都是碎掉的。
「拿回去換啊？」
母親搖搖頭說：
「我跟店家表示不滿，他們也願意換給我，但我在意的不是這個。店家本來還想給我商品兌換券，我拒絕了。」
母親坐進副駕駛座，用力關上車門，直接趴了下來。
「怎麼啦？」父親將車子開回車道，一臉傻眼的表情。佳佳心想，父親應該也猜到發生什麼事了。
「就仙貝碎了啊。」
佳佳刻意講得無足輕重，母親把腦袋埋在雙臂，口中喃喃抱怨。佳佳問她在說什麼，她說一切都白費了。說完，身子縮得更小，薄毛衣也被壓在屁股下面。佳佳感覺身上還帶著店內的寒氣。

母親不肯罷休：

「真是觸霉頭。難得有這個機會，難得一起開車出來玩。」

「這點小事沒什麼大不了吧？碎掉一、兩塊仙貝而已……」

「不是一、兩塊而已，全都碎了。」車子一搖晃，母親順勢抬起頭來。她轉過身，惡狠狠地瞪了佳佳一眼。

後來車子穿越高架橋下，走在地勢比較高的路上。道路兩旁有乳白色的牆壁，牆壁朝內側彎曲，彷彿要包住整條道路一樣。車子開到有牆壁的地方，所有聲音似乎都變低沉了。偶爾會出現綠色和茶色的藤蔓，就在藤蔓出現的次數越來越多時，車子開到栃木附近的某個休息站，父親決定在那裡休息。

「我討厭那裡，之前吃的拉麵根本沒味道。」母親還在鬧脾氣。

開往栃木的這段期間，佳佳一直凝視著窗外的護欄。太陽的亮度驟滅，夕陽時分萬物突然換上了另一張面孔。風停了，靜止不動的葉片和樹木，就好像博物館中的恐龍化石。四周昂然挺立的樹木，彷彿在對淡墨色的天空咆嘯。車子越往北行進，農田和平房就越多，那樣的景色也看不到一絲風吹草動。少部分地區有密集的松樹，樹林間看得到神社或寺廟，時而映入眼簾的紅色鳥居，顏色十分鮮艷。雨珠連成的水線打在車窗上，幾次發出細微的聲響，天上下起了陣雨。門戶洞開的溫室承受風雨的拍打。

佳佳睏了，一閉上眼睛，黑暗的視野中出現各色斑紋，意識被吸入黑暗之中。

雨聲悄悄地消失，也不知道過了多久，佳佳在半夢半醒之間，聽到母親說「好藍」。意識悠悠轉醒，佳佳張開眼睛，想看到底是什麼東西好藍。這一看，她差點發出驚呼的聲音。原來，外頭有一大片湛藍的晚霞。遼闊的山頭帶著淡藍的色彩，車子開在蒼翠的田園地帶，舉目所及都是藍色的。從田埂望去有好幾座遠近不一的鐵塔，隨著車子移動，幾座鐵塔連成一線，復又分離。佳佳回頭一看，同樣只看得到群山，看不到都會風景。這也讓她體認到，一家人來到很遠的地方了。

車子抵達休息站的停車場，父親一熄火，母親立刻奪門而出。晚風和休息站的建築物也帶有湛藍的氣息。天空像是稀釋過的深藍色一樣，有種微亮的色調。山風又一次吹來，沒有吹進母親身上的白色毛衣，只在衣服上吹起一些皺褶。母親深吸一口氣，張開雙臂想說些什麼，最後只說得出「好藍」。

＊＊＊

佳佳先找到另外兩個人。一開始看到他們的時候，佳佳很猶豫該怎麼打招呼。大嫂站在食堂入口處，介於紀念品專賣店和遊樂區之間，她也注意到佳佳。大嫂先是驚訝地張大嘴巴，接著揮揮手打招呼，還用手點了點哥哥。大嫂一臉笑咪咪的。

佳佳和大嫂只在兩家初識的宴席上打過照面，那也是佳佳最後一次見到哥哥。哥哥走了過來，佳佳不曉得說什麼好，最後只說了一句好久不見。

「唷。」哥哥的語氣也很僵硬。佳佳感到困惑，哥哥以前是這種聲音嗎？

「爸他們呢？」

「那邊。」佳佳端著咖哩飯，用下巴示意爸媽的位置。哥哥掃視人群，找到爸媽的位置後重新背好肩上的包包。哥哥沒拿東西似乎不太自在，他幫佳佳拿了咖哩飯的餐盤。爸媽一看到三人走近，紛紛放下筷子，趕緊起身相迎。

「不好意思啊，我們先吃了。」

大嫂客氣地說沒關係，母親站著說起這一路上的事情，佳佳拿紙杯幫家人倒水。父親舉起自己的杯子，表明他已經有水了。母親跟大嫂講話的時候，肢體動作很大，聲音也比平常更高亢。大嫂笑著點頭聆聽，母親也希望哥哥聊上幾句，但哥哥把餐盤放到佳佳面前後，就說他肚子餓，拿著錢包去排隊買漢堡了。

「這次真的……」大嫂抱著外套，畢恭畢敬地向父親問候。父親笑著說沒事，還請大嫂坐到自己身旁。母親挪開行李，預留了兩個對坐的空位，她說讓大嫂坐正中間，人家肯定不自在。佳佳拿起店家預留的濕毛巾擦桌子，大嫂趕緊說了抱歉。佳佳說不要緊，感覺自己的聲音挺愉悅的。

餐廳人多，講話聲音自然比較大。哥哥回來後，母親和佳佳的嗓門又更大了。母親久沒見到哥哥，對哥哥的每句話都有誇張的反應和興趣，哥哥也聊得很愉快。不過，看在佳佳眼裡，他們沒有直接對話，而是透過大嫂這個「外人」在對話。佳佳也變得十分健談，連她自己都很意外。母親裝出生氣又困擾的表情看著佳佳，說佳佳最近都蹺課沒上學，佳佳也做出嘟嘴的反應，抱怨上學很無聊。話語一說出口，旋即溶入喧囂的餐廳當中。聊著聊著，窗外的天色暗了下來。

等大家吃完飯，哥哥手肘撐在桌上，看佳佳用湯匙舀起醬菜，問他們車子是不是要停在休息區？父親搖了搖頭，喝完杯子裡的水。母親接著說，湖邊有一座停車場，車子要停在那裡。

「看得到男體山的那座湖是嗎？」大嫂問，父親點頭稱是。

山路不好走，哥哥自告奮勇帶路，起初父親不答應。過了山頭有一家旅館，哥哥和大嫂在那裡訂了房間。母親居中協調，父親才勉為其難讓哥哥帶路。母親笑父親頑固，父親沒有答話。一家三口在停車場等哥哥的車子開出來，跟著哥哥行進。哥哥的車子是藍色的，那是父親讓給哥哥的中古車，以前載過全家人出遊。父親不悅地轉動方向盤，母親一看到那部車，懷念之情溢於言表。

「我還記得，車行員工送了同款的迷你玩具車，不曉得放哪去了。」

「在我這邊啊，不然哥可能會弄丟。」佳佳回答。

一輛開往砂石山的卡車經過，上頭還有一臺起重機。車子向右拐了一個彎，耳邊傳來雨後溪水奔流的聲音。每經過一個隧道，車子的數量就越少。即將進入蜿蜒的山道時，周圍只剩下哥哥的車子。樹梢的陰影罩住車身，母親小聲地說，來到伊呂波山道了。

每過一個彎道，哥哥的車子就會短暫出現在前方。父親默默地跟車。去年哥哥沒先跟家人商量，就休學搬出去，所以父子倆相處起來有些彆扭。父親曾說，他絕不原諒哥哥。父親看不慣半途而廢的人，哥哥也厭惡父親的嚴厲和冷酷。母親本來用開朗的口吻聊天，試圖化解尷尬的氣氛，後來也不再開口了，或許是被深山的氣息影響吧。

車子一路開往深山，越往裡面開，天空就成了單調的薄墨，不再帶有其他色彩。煙雨也益發朦朧，凝重的霧氣吞沒了群山。在這片景象中，車道上的光芒猶如搖曳的火光。薄墨般的山峰和深灰色的山峰交錯，雨水打在車上的聲音特別響亮。周圍只看得到陰暗的霧氣，凝神細看才看得到一點山脈的輪廓，而且一下子就看不清楚了。佳佳只感覺霧氣的深處有群山聳立的氣息，剩下是一片黑暗。車子轉彎時才看得到限速行駛的看板，還有哥哥開在前方的車子。哥哥的車子一旦從視野中消失，佳佳就產生一種藍色汽車消失的錯覺。仔細觀察樹叢間隙，隱約可見上方的天空。佳佳閉上眼睛，等待開完這段山道。終於，抵達停車場了。

「妳暈車囉？」先抵達停車場的哥哥，看佳佳顛顛倒倒，問她是不是暈車了。湖面上飄散著黑夜的霧氣，佳佳凝視哥哥帶著笑意的雙眸。哥哥的態度比剛才吃飯時緩和不少，或許是不再緊張的關係吧。

「我沒事。」

「真的嗎？」哥哥的眼神還有一絲笑意。

「阿亮動不動就說人家暈車。」母親說話時，不忘把車上的行李拿下來，停車場的砂石地發出了聲響。

＊＊＊

一聽說公婆要睡車上，大嫂嚇了一大跳，甚至表示要把訂的房間讓給公婆。母親害臊地笑著說，在車上旅宿是一家人的傳統。大嫂才放鬆下來，偷偷觀察哥哥的反應。

「對啦，不要緊。」哥哥也附和母親。

哥哥和大嫂到旅館休息，佳佳和爸媽去隔壁的溫泉設施泡溫泉。佳佳在踏墊上脫鞋，襪子裡的腳指頭動了幾下。地板踩起來暖暖的，放鬆的感覺從腳底傳遍全身。鞋櫃的鑰匙是一塊平滑的木板，上頭標示「KA

七」的黑色字樣。母親開玩笑地說，是不是佳佳叫佳奈子，所以才拿到這塊板子？（譯註：日文中KA七和佳奈讀音相近）佳佳沒想太多，同意母親的說法。

休息室採用暖色系的照明，裡面擺了一臺電視。有人抬頭看電視新聞，也有人裹著借來的披肩躺下休息。還有人打開零嘴放在矮桌上，出神地望著零食。這景象帶給佳佳幸福的感受。

母親把鑰匙交給櫃檯保管後，將櫃檯給的糖果和瓶裝水，塞進佳佳手上的包包。佳佳對櫃檯的白髮婦女點頭致意，母親笑咪咪地看著女兒和那位婦人。佳佳前往更衣室，脫下身上的衣服，走進大浴場。水流聲充斥四面八方，聲音在密閉空間形成回聲，穿透全身上下。佳佳閉眼張嘴，熱水灌入口中。佳佳又閉上嘴巴，做出「E」這個發音的嘴型，熱水從兩邊嘴角溢出。佳佳清了清喉嚨，偷喝一口熱水，她喜歡聞熱水溫暖的味道。

佳佳閉著眼睛沖水，母親拍拍她的肩膀。母親沒用毛巾遮住身體，而是擰乾了披在腦袋瓜上，急著要去露天浴池。佳佳臉上沾到泡泡，很難張開眼睛說話，所以只是眨了眨眼睛，表示自己晚一點再去泡澡。

來到戶外，已經先泡在浴池的母親回過頭，揮手叫她過去。除了母親以外，還有兩個很像姊妹的女孩子，用英文在交談。兩個女孩子出去後，母親說她們可能住在橫濱。

「是喔？」

「她們好像在聊中華街的事情，妳沒聽到嗎？」

「沒。」佳佳一邊答話，一邊看著粼粼波光落在大腿上。

「這泉水對身體麻痺有沒有療效啊？」

「應該有吧。妳看，介紹上寫對麻痺有療效。」

「真的耶。上面寫對便祕也有療效，真的假的啊？」母親側過身子，仰望掛在牆上的介紹看板。

牆壁對面也有人泡澡的聲音。母親發現男湯就在附近，擔心父親一個人泡湯會寂寞。

「葛格跟底迪都不在嘛。」

「搞不好他一個人樂得悠閒自在啊。」

水溫很燙，風一吹過來就會吹起陣陣煙霧。夜風吹在露出水面的臉龐和肩膀上，每吸一口氣，身體內側就有緊繃的感覺。現在雖是夏天，山上入夜還是很涼。

「趁機美容一下，妳也來啊。」母親把溫泉潑在臉上，佳佳也用溫泉洗臉，十根手指輕撫肌膚，熱水從指縫間流失。水都流光了，就再捧一些水洗。母親按摩自己的臂膀和雙腿，佳佳思量著，母親的後遺症沒有完全好。外頭聽得到蟲鳴聲，佳佳抬起頭，聆聽高牆外的夏夜有何動靜。

佳佳在休息室寫功課，父親買了牛奶來。佳佳很意外，她仰望父親，說了謝謝。

「把拔，幹得好。」母親刻意用可愛的方式稱讚父親，從父親手上接下牛奶瓶，一指戳破上面的封口。面無表情的父親嘴角泛著笑意，在附近盤腿坐下，嘀咕著「什麼啊」的語氣聽起來有點彆扭。

「寫功課啊？」父親也打開手中的牛奶，問佳佳。

「功課不寫不行啊。」佳佳一說完，母親就搶著搭話：

「來玩還要寫功課，真命苦。」

「好麻煩喔。」佳佳抱怨。

「這一題她從剛才就一直解不出來。啊，真好喝。」母親喝了一口牛奶，還裝出一副像在喝酒的痛快模樣。

「拿來我看看。」佳佳聽從父親的指示，把功課拿給父親看，雙手撐在榻榻米上。

「解題的方程式有先寫出來嗎？」
「我不是不懂公式，不然早就解出來了。」
「嗯，這一題還要用加法定理才解得出來。」父親給了提示。佳佳唸著定理的口訣慢慢解題，父親在一旁給予嘉許。
「爸，虧你記得這些。」
「哎呀，一講到念書你們關係變這麼好啊。」母親調侃父女倆。
「還好啦。」這是佳佳的答覆，也許母親說得沒錯。佳佳和父親的關係，不是靠親子之情維繫的，而是一種類似師徒傳承的關係。至少佳佳自己是這麼想的。在父親的指導下，孩子們沒有去補習班就考上了私立中學。佳佳跟旁人解釋的時候，都說這是為了省錢，其實內心相當驕傲。考上第一志願的只有佳佳，但她真的認為父親很了不起，父親獨自輔導孩子的課業，把他們送進名校的窄門。不管是什麼樣的題目，父親都知道該用哪種解法。中學的英文教科書對話，他全都記在腦子裡。不小心算錯一題，就得回頭複習前面幾題；父親的教育方式不太有效率，他相信唯有耐著性子反覆練習，才能真正學到東西。臨時抱佛腳的讀書方式，也許應付考試沒問題，對未來卻毫無幫助。父親也定下休息的規矩，每個禮拜一定會安排一天假，什麼也不做。平常念書一個小時，有四分鐘的休息時間，要躺下來用濕毛巾蓋住眼睛，時間到了繼續念書。佳佳認真聆聽父親的教誨，跟求教的徒弟一樣。念書幾乎就是一種苦練和修行。

從小到大，父親只有一次緊緊抱住母親和佳佳。那是佳佳中學考試放榜的日子，那天父親難得向公司請特休假，陪母女倆一起去看榜單。現場有人歡呼、有人哭泣，父親一個人擠過人群，一看到榜單上有女兒的名字，立刻回頭告訴母女倆好消息，淚水也溢滿眼眶。母親開玩笑地說，好歹要讓考生親自品嘗這分喜悅才對。父親壓抑不住興奮的情緒，連聲道歉。母親推佳佳一把，讓她親自去確認榜單。

就在看到自己榜上有名的那一刻，父親用力將她拉過去，還來不及回頭，已經被父親摟在懷裡。父親喜極而泣，那是她這輩子第一次看到父親放聲大哭。父親的哭聲挺尖銳的，有點像小孩子的聲音，似乎比佳佳的哭聲更多了幾分感慨。佳佳和母親也都哭了，佳佳踮起腳尖靠在父親懷裡。戶外很冷，但被抱在懷裡好溫暖。佳佳扭扭身子，抬頭面對父母，不斷激動地道謝。父親和母親都感動得泣不成聲。

那是佳佳第一次體認到，自己有責任保護父母。比自己小的弟弟，以及承擔嚴厲管教的哥哥，也曾有過那樣的情感。當父母淚流滿面抱著佳佳時，她也終於對父母產生那樣的情感了。過去，佳佳總以為擁抱給人安心的感覺，其實擁抱的力道越強，代表心中越脆弱。佳佳掙脫父母的擁抱，反而用自己的雙臂緊緊抱住父母。父母都穿著厚大衣，佳佳隔著大衣輕撫他們的背部。寒風吹不進她的心，頂多只打在她的耳朵、臉頰、手指上。

多虧父親的幫助，佳佳解完了最下面的題目。母親說牛奶快退冰了，佳佳才拿起冰牛奶飲用。父親抬頭看著電視，獨自發笑。佳佳說牛奶好喝，父親看著電視點點頭。

「我去小賣店逛逛。」母親起身，佳佳說了慢走，回頭繼續寫下一頁的題目。

＊＊＊

寫完功課，逛完小賣店，佳佳回到停車場，只見母親蹲坐在車子旁邊，身體抖個不停。佳佳蹲下來關心母親，問她怎麼了，手掌拍著母親的背部。母親喊冷，佳佳將自己的大衣披在母親身上。

「她喝醉了啦。」父親一副懶得理會的語氣。

按照父親的說法，母親一直在抱怨剛才買到碎掉的仙貝。後來越想越氣，甚至還想打電話到店裡鬧，被制止以後情緒低落，就蹲在這邊發抖了。佳佳詢問母親，是不是父親說的那樣？

「沒有，不是。」母親搖頭否認。

任誰都看得出來母親喝酒了。母親臉紅通通的，腦袋也搖來晃去，彷彿比平常沉重。大概是去小賣店買來偷喝的吧。這座停車場位在深山的湖畔，一家人的車就停在這裡。

父女倆打開後車門，將行李放到駕駛座上，再放倒所有的後座，勉強清出了三個成年人能躺下的空間。父親和佳佳爬上後座，鋪好墊子和毛毯，在窗戶內側貼上銀色的反光貼。母親還在一旁發抖。

母親把用來貼反光貼的膠帶撕成小塊，貼在自己的手背和臂膀上，蹲著不肯起來。母親咬牙切齒，口中還在咒罵那家藥妝店。父親也不理會母親喊痛，直接撕下她手上的膠帶，回到車上繼續貼反光貼。父親認為，對發酒瘋的人太好，他們會拿翹。平日也經常告誡孩子，遇到喝醉的人別理他們。

「唉唷，這沒多痛吧？」佳佳笑著安慰母親。母親哭著喊痛，口中的氣息自齒縫間流洩而出。佳佳收斂笑容，要幫母親撕下膠帶。

「好痛。」

「那我輕輕幫妳撕下來，還是妳要自己撕？」

「好痛，人家好痛。」

母親情緒激動，對著夜空大叫，要所有人跟她道歉。佳佳抱住母親，不讓她跑去跟父親吵架，母親身形踉蹌，整個人摔倒在碎石地上。母親又哭了，還誣賴佳佳把她摔倒。

「為什麼都沒人跟我道歉？我都說很痛了。為什麼？是我的錯嗎？都是我的錯嗎？」

「對，都是妳的錯。」隱忍已久的父親開口就是一頓罵，母親哭個沒完沒了。在附近休息的駕駛人不堪其擾，罵完人以後揚長而去。母親搶走佳佳的手機，打給哥哥訴苦，哥哥並沒有接電話。母親把手機壓在臉上，像在祈求著最後一線希望，佳佳看了很不忍。後來母親發飆的對象，變成了父親、哥哥、佳佳，以及剛才罵人的駕駛。佳佳回想整件事的起因，不斷告訴自己這一切有多荒唐。她想笑，身體卻在發抖。母親哭累了倒頭就睡，嘴巴總算不再吐出惡毒的詛咒，佳佳蓋著毛毯依然在發抖。最後身體放鬆下來，再也動不了。

身體失去行動力，只剩下腦袋轉個不停。佳佳在一片黑暗中，凝視著起毛邊的毛毯。她想母親會哭，應該是喝醉的關係吧。那母親為什麼要喝酒呢？外頭有車子開過碎石地發出的聲響。

生了大病後，過去的母親消失得無影無蹤。莊重沉穩的說話方式不見了，動不動就陷入恐慌情緒，引發過度換氣的症狀。一發作就在地上翻滾，活像全身上下有火在燒，有時候又像幼兒一樣，縮著身子哀哀叫。白天會正常一點，到了晚上繼續發作。佳佳懷疑過，母親是不是精神失常了？

母親坦白告訴家人，她笑不出來。中風後左半邊的顏面麻痺，嘴角動不了。母親試著裝出笑容，但麻痺的左半邊臉龐只留下淚水。到醫院回診，醫生說母親還有麻痺症狀，記憶力也出了一點問題，所以過去的事情還記得，唯獨新的記憶很難保留下來，認真復健的話有恢復的可能。父親和佳佳陪母親看診，醫生只顧著操作電腦，反覆放大和縮小腦部的斷層掃描圖片，從頭到尾沒看他們一眼。母親有一半的大腦是空白的，身體也有一半是麻痺的。母親用工作和酒精來麻痺自己。

佳佳也能體會母親很痛苦，但中風只是一個引爆點罷了。母親對一切事物都感到痛苦。母親原本是生性溫柔的人，舉凡跟親戚來往，或是小孩子在學校過得不順、隔壁老爺爺健康出問題，甚至在電視上看到可怕的新聞，這些小事都會令她感到痛苦。她不是想保持溫柔的品格才如此敏感，即使是別人身上的痛苦，只要沒有超出想像的範圍，她就有感同身受的痛，當然這也包括她自己的苦楚。因此中風以後，過去幾十年累積的所有痛苦，還有旁人和她自己的痛苦交雜在一起，讓她再也無法把持自我。漸漸地，一點微不足道的小事她都會受不了。或許母親自己也不明白原因吧？她只會責備身旁的人如何得罪她，那些小事本身似乎不是重點。母親受苦的方式，就像踏入流沙坑中的螻蟻。並不是每次都有新的痛苦找上她，而是好不容易在永無止境的痛苦中逃脫，結果又被一點小事推入坑中。至少在佳佳看來是這樣。

起初，佳佳很不能接受母親兩眼無神哀哀叫的樣子。那一陣子，她整天都在思考，那個嚴厲又溫柔的母親死哪去了？每次母親喝醉，她就會把藏在廚房的酒類統統丟掉。哥哥關心母親有沒有好一點，母親還拿起菜刀發神經，說自己身體一直發麻，根本沒有比較好。母親抓狂的時候，會威脅要殺人或自殺。佳佳好想再看一眼，那個還沒受傷、還沒壞掉的母親。可是，最想恢復原樣的，應該是母親自己才對。母親確實想回到過去，拚命復健卻始終沒有好轉，孩子又一個個離她而去，母親無法承受這一切，才會如此暴躁易怒。

佳佳躺在最旁邊的位子，脖子還能感受到母親呼吸的氣息。在這溫暖潮濕的密閉空間，佳佳徹夜未眠，等待黎明到來。昨天深夜雨勢不小，現在倒是一點聲音都聽不到。車子裡充斥著酣睡的呼吸聲，待起來狹窄又鬱悶，佳佳連要翻身都有困難。

佳佳的鼻子貼在窗戶上，聞著冷空氣的味道。窗上的反光貼滑落，外頭一片漆黑。從反光貼滑落的地方，可以看到四周被濃霧包圍。

佳佳盯著窗外好一會，發現遠處有道光芒。不曉得是什麼東西反光，還是月亮的光芒。總之她持續凝視光芒，起身想到車外一探究竟。

有人拉住她的手。回頭一看，黑暗中隱約可見母親的雙眼。

「我去上廁所。」佳佳壓低音量說話，還補了一句：

「不好意思，吵醒妳了。」

母親搖搖頭，用力拉了拉佳佳的手臂。佳佳上半身前傾，靠近母親的臉龐。

對不起。母親的嘴唇在動。今天，真的很對不起。窗外透進來的光芒，照亮母親沒有表情的左半邊臉龐。右半邊的臉龐激動扭曲，想要消弭左半邊的冷漠。母親一手抓住佳佳的肩膀，另一手掏摸自己的包包，悄悄地抽出錢包不讓父親發現。母親跟平常一樣，瞞著父親偷給佳佳五千圓零用錢。母親將鈔票和佳佳的手緊緊握在掌中，彷彿不透過那張鈔票，就沒資格握住女兒的手一樣。母親又一次低聲道歉，語氣在顫抖。

「沒關係，真的沒關係。」佳佳安慰母親。

母親搖搖頭，不斷道歉。還抽抽噎噎地哀求，求佳佳不要討厭媽媽。

「媽，妳放心。」佳佳輕拍母親的肩膀，心中對母親的感情只有更加堅定。她再次叫母親放寬心，緩解母親激昂又熾熱的情緒。

佳佳握著鈔票來到車外，這片湖泊坐落在群山的懷抱中，深山裡蟲鳴不絕，離廁所越近蟲鳴聲就越清晰。佳佳進到廁所隔間，有蒼蠅飛到耳朵邊。廁所的門一直鎖不上，佳佳只能用手擋住門板解放。上頭的窗戶看不到月亮，卻透著亮光。馬桶冷冰冰的，感覺像是坐在湖邊的石階上。佳佳想一直坐下去，但不回去又不行。

停車場的角落有一輛藍色汽車，佳佳正要走回那輛車，車上的後照鏡掛著她沒看過的黃色熊熊鑰匙圈。佳佳愣了一會，立刻發現那是別人的車子，趕緊後退幾步。那輛車跟他們家以前的車是同一款，一家人以前常開那部車出遊。現在開的綠色汽車已經用很久了，她還是差點上錯車。佳佳踩著腳下碎石，走回父母都在的那輛車。走著走著，她覺得自己的腳步好沉重。

她一心想回去，回到那個一去不回的曾經。

＊＊＊

一覺醒來心情還算平靜，佳佳靠在後座，讓腳丫子伸到外頭吹吹風。太陽的光芒和陰影在腳背上緩緩流動，腳丫子完全被自己的影子遮住後，佳佳又一次伸直雙腿，在朝陽中用力張開腳趾。腳丫子的輪廓紅通通的，佳佳玩著腳丫，看影子在碎石地上動來動去。

前方停著一輛小休旅車，大概相隔兩輛車的距離。一個中年男子坐在小型摺疊椅上，兩腿開開安置小瓦斯爐。厚實的雙掌把瓦斯罐裝進爐中，再放上熱水壺點火。男子掏摸著橘色大衣的胸前口袋和左右口袋，從左側口袋拿出打火機點菸。香菸的氣味和瓦斯的味道，似乎飄了過來，但冷風吹進鼻腔，害佳佳的嗅覺麻痺了。

佳佳小心丟下涼鞋，避免壓到碎石縫中長出的細長小草。她穿上涼鞋站起來，外頭的天氣還算晴朗，腦袋隨著重心移動搖晃，沒想到還挺舒服的。佳佳興起散步的念頭，在停車場走了一圈。自動販賣機賣的飲料，跟他們家附近的自動販賣機不太一樣，佳佳買了麥茶。她抱著飲料走回車上，正好父親把摺好的毛毯捆起來，叫佳佳幫忙拿一旁的袋子。朝陽已經完全露臉，照亮了父親粗糙的皮膚。

「哥說他們會去丸沼高原。」佳佳把深綠色的尼龍袋子拿給父親。父親說他知道了，便收下袋子，將毛毯塞進裡面。

「他們會在那邊吃飯嗎？」

「不知道。」

涼鞋底下有尖銳的小碎石，佳佳輕輕踩了一下。湖面上煙波瀰漫，在天空和水面間留下一條朦朧的分界。佳佳走到車子前方深呼吸，問父親要不要吃三明治。湖水的氣味中，帶有草木蒼翠芬芳的味道。

「不用。」父親回答。

母親去廁所還沒回來。佳佳拿出在休息站買的全麥三明治，挑選火腿起司的口味。她吃著三明治，又繞回車子的後門。

「那就是男體山。」父親抬起下顎，示意佳佳看過去。山上霧氣繚繞，唯有山頂透出橙色的陽光。

「更遠還有女峰山對吧。」切成薄片的小黃瓜和起司，吃起來好冰。

「對，原來妳知道啊？」

「爸，你教過我啊。」

「對吼。」父親心不在焉地答話。他關上後車門，叫佳佳留一份三明治給母親，剩下的全部吃光沒關係。

母親一直沒回來，佳佳跑去廁所找人，發現母親蹲在女廁外看貓咪。貓咪靜靜地呼吸，母親悠哉地說，剛才還有另一隻貓咪。說完，還發出嘖嘖的聲音逗弄貓咪。佳佳也跟著蹲下來，毛衣拖在停車場的碎石子上。母親說，這隻貓咪跟她以前養的貓咪很像。之後又用哄小孩的語氣，叫貓咪過來不用怕。微捲的黑髮在強風吹拂下，貼著沒化妝的臉頰，看上去有那麼一絲倦容，但整體來說還算柔和。

母親向小花貓伸出手，引起了小花貓的注意，但佳佳繞到母親身後，貓咪就一溜煙衝到樹叢裡了。

「這貓咪真有個性，是一隻有品格的貓呢。」

「貓咪還有品格喔？」佳佳差點被逗笑，母親卻嚴肅地說，貓咪確實有自己的品格。

「媽媽以前養的那隻公貓，不愛理人，只黏我一個。妳外公想靠近都不行，有兩次不知道跑去哪裡，都是我去外面叫牠回來，牠才跟我回來的。」

父親在另一邊大喊，已經準備好要出發了。他們必須在傍晚六點前抵達片品，否則趕不上守靈的時間。母親聽說哥哥和大嫂要去丸沼高原，便吵著要去搭纜車。佳佳認為接下來還要參加喪禮，沒那麼多閒工夫，但父親說沒關係。按照父親的說法，只要早點抵達高原，在山頂的餐廳吃午餐就來得及。車子開下山林，等太陽完全升起時已經開到高原了。

山頂有足浴，父親說他在山下顧車就好，母親硬拉著他一起去泡足浴。泡到一半，大嫂打電話來，說他們要先一步下山。母親裝出一臉開心的模樣，彷彿來泡足浴才是真正的目的。母親始終泡著不肯走，整雙腳都泡紅了。

為什麼哥哥要躲避自家人呢？看得出來母親很想問個明白。為什麼哥哥只跟大嫂出遊，不願跟家人出遊？為什麼不肯跟家人見面呢？父親逃避原生家庭，哥哥也是一個樣。佳佳只覺得這趟旅遊很鬱悶。或許奶奶晚年孤苦，臨終前沒有家人相伴一事，也間接在母親心中落下了陰影。

浴池旁邊有一塊看板，上面寫著「天空足浴」，母親在看板前方舉起手機，替父親和佳佳拍了一張照片。佳佳還記得，以前一家人也常這樣一起拍照。可是現在的照片中，已經沒有哥哥和弟弟了。

太陽從雲層中露出臉來，曬得後頸發燙。腳丫子離開浴池，寒風也吹了過來。腳邊有蜻蜓飛過，停在剛擦乾的腳上。母親討厭蟲子，又把腳泡入浴池清洗一番。

＊＊＊

傍晚，總算抵達片品村了。途中母親說很懷念烤玉米的滋味，所以只停下來一次，並沒有再去其他地方閒晃。車內都是烤玉米的醬油味，窗戶一打開就有涼爽的晚風吹來。父親也打開前座的窗戶。

已經先到的弟弟開門相迎，面無表情地打了招呼，露出靦腆的笑容。奶奶的遺體運去喪禮會場了，一行人前往客廳，放置遺體的場所變得空蕩蕩，沙發和木製桌子也挪到角落。外婆很放鬆地坐著休息，簡直把這當成自己的家。

「天啊，才幾個月沒見，你長這麼高啦？」母親愣愣地看著弟弟，忘了把包包裡的零嘴和飲料拿出來。

「這孩子食量太小了，現在我每天都餵到他吃不下為止。膚色也變黑了，對吧？」

「我才沒變。」弟弟坐在沙發上玩手機，膚色看起來真的變黑了，母親和外婆笑得很歡快。時鐘的秒針滴答滴答響，一樓的洗手間壞掉了，佳佳跟著父親上二樓。樓梯每走一步就發出咿咿啞啞的聲音，父親說他先四處看看，就走進小時候用的房間了。佳佳站在洗手間的鏡子前面，陶瓷洗臉檯是白色的，排水口附近有土黃色的汙垢，還有小小的裂痕。

窗戶是開著的，庭院的樹木幾乎有二樓的高度，枝葉也都碰得到窗戶。風一吹來，穿透枝葉的淡黃色光芒，產生光影擺動的視覺效果，照亮了整個洗手間。佳佳洗好手，用乾硬的毛巾擦乾，伸手梳理自己的頭髮。樓下傳來電鈴的聲音，外出採買的姑姑和姑丈回來了。母親對著姑姑和姑丈大聲說我們才剛到不久。

佳佳來到陰暗的走廊找父親，進入走廊盡頭的房間。房內有一個更大的窗戶，看得到遠方的天空、群山上的道路，以及河流上的橋梁。佳佳本想走到陽臺，卻注意到一張和紙。

上面寫著「恭賀新喜」。

和紙就貼在泛黃的牆壁上。字體粗厚凝重，顏色又黑又亮，感覺都可以聞到墨水味，很像一個人在雜亂的房間裡，挨著角落的書桌寫出來的。再看底下的日期，是今年元旦寫的，更下面還有奶奶的名字。應該是奶奶在日間照護中心寫好帶回家的。

佳佳這才想到，原來奶奶過年後還活得好好的。當然了，奶奶是昨天才去世，佳佳差點忘了這件事，現在想想有些害怕。這代表奶奶抓著樓梯扶手，還是有辦法爬上二樓。最後奶奶一個人死在這棟房子裡。

父親在外面呼喊佳佳，佳佳吃了一驚，心想這房內的景象不能被父親看到。她連忙跑到房外，假裝自己剛才在其他地方。

「房間都跟以前一樣呢。」父親的語氣充滿懷念之情，揣著筆記本走到一樓。父親和大伯過去住同一間房，據說父親的空間一向整潔，大伯的堆滿漫畫雜物。窗外的葉片發出窸窸窣窣的聲響，陰森的聲音似乎要撲上佳佳的後背，佳佳趕緊跟著父親前往一樓。

姑姑和佳佳他們各開一輛車去喪禮會場。穿著正式服裝的大伯出來相迎，帶他們到裡面的白色房間，那裡有點像公民館的格局。哥哥和大嫂也已經到了。

「一路上很悠哉啊。」大伯瞇起眼睛看著父親。大伯瘦了一些，外套不太合身，但姿勢相當挺拔，甚至給人一種風流倜儻的印象。父親回答大伯時，露出跟弟弟一樣的靦腆笑容，還叫佳佳他們先坐下來。父親有一個哥哥和兩個姊姊，家裡共四個兄弟姊妹。最年長的尚子姑姑沒來，大伯說那位姑姑住院了。尚子姑姑年輕時就出外生活，詳情大伯也不清楚。母親把帶來的念珠交給佳佳和弟弟，佳佳來之前看到母親準備了念珠袋，袋子裡有要給哥哥用的念珠，但哥哥自己帶了黑色的念珠。佳佳用的是兒時買來的粉色念珠，用在這種場合似乎不太合適。

等到外頭路燈亮起來，誦經儀式開始。天氣又變差了，佳佳想起來這裡的路上，看到整片晶亮的黑色墓碑，以及散發濃郁土味的新田。

狹窄的空間擠滿了一大堆親戚，有大伯的家人和孫子，還有姑姑的丈夫和獨子，以及外公外婆。佳佳記得長相和名字的只有這些人，剩下的連長相都記不清楚。上香時弟弟排在佳佳前面，來參加喪禮的人不管彼此認不認識，都會遵照某種輩分順序。大伯是長子，喪主由大伯擔任。等長子的家人上完香，才輪到身為次女的姑姑。按規矩，本來長子上完香輪到次子，但父親年紀最小，因此先讓姊姊上香。

聽著大伯談起故人，佳佳擺弄著手上的念珠，她幾乎不了解奶奶的生平。大伯說奶奶是個文靜又逍遙的人，佳佳只認識年老後個性比較圓滑的那個文靜又逍遙的奶奶。但那種形象跟父母談起的奶奶又不太一樣。

奶奶為人奔放，而爺爺年輕時有自殺未遂的經歷。四個兄弟姊妹都不好過，尤其最小的父親沒人關照。父親不太願意提起往事，都是母親不斷提起父親當年的遭遇。爺爺都鬧自殺了，奶奶還是一直放蕩玩樂，弄到爺爺精神崩潰、英年早逝，之後才待在家裡。那時候父親升上小學高年級，尚子姑姑早已離家出走。大伯和小姑姑原諒了奶奶，奶奶對他們也疼愛有加，而尚子姑姑和父親不肯原諒奶奶。母親常說，公公早死都是婆婆害的。

這些故事也不曉得真假如何，有沒有誇大之嫌？嚴格來說，母親數落自己的婆婆並不是出於個人的厭惡。佳佳知道母親是要替父親出氣，才故意說給孩子聽的，因此也沒有太討厭奶奶。以前奶奶常抱著佳佳，幫佳佳梳頭，還說佳佳的秉性跟她很像，以後一定會變成聰明的孩子，這也是佳佳無法討厭奶奶的原因。母親感嘆父親的際遇，就好像拿鹽巴潑灑肉眼看不見的髒東西一樣。潑灑鹽巴不是要懲治邪靈，而是讓家裡的人安心。反正是對外找個出氣的對象，壞話有幾分真假也就不重要了。母親不斷對孩子們說奶奶有多壞，現在想來是要袒護父親吧。

父親談起自身的際遇，總是用一些狀聲詞來混淆細節。佳佳也養成了一樣的習慣，和心理諮商師對談時，她不會說自己被父親毆打，而是說做錯事會被父親「砰」一下，順便模仿父親揍人的動作。她發現自己學得還挺像的，有種說不出口的奇妙感受。

砰、啪、轟，父親是用這種方式，形容自己被爺爺毆打。奶奶棄家庭於不顧，憤怒的爺爺就打孩子出氣。妳奶奶都不回家，衣服餐具都沒人洗，房間也亂糟糟的，妳爺爺就砰一聲踹飛椅子。接下來就劈哩啪啦、轟隆啪吋，我們幾個孩子就哇哇大哭啦。不過啊，我也不怪妳爺爺，錯的是妳奶奶。妳爺爺過世以後，大概是我念中學的時候吧，有一次我被妳奶奶氣到，跟她大吵一架離家出走。我就跑去後山玩耍。小時候沒人顧我，我也是這樣打發時間。樹木越高的地方越柔韌，很適合在上面盪來盪去。所以我都爬很高，爬到上面還看得到太陽西沉的景象。待在山裡沒光害，天色轉暗一下就看得出來。蛇也會跑出來，森林裡風吹草動怪可怕的，想一想還是回去算了，省得家人擔心。結果一回到家裡，屋內都沒開燈。我想說奇怪了，怎麼都沒人？一到戶外，就碰到附近的歐巴桑。

那個歐巴桑，記得是我同學的母親吧，手上還提著去超市採買的東西。歐巴桑跟我說，我媽帶著我哥和我姊去外地吃鰻魚飯。我心想，搞什麼鬼？這是怎樣？他們丟下我一個人就對了？我真的傻眼，我哥和我姊也沒意見就對了？後來歐巴桑邀請我一起吃晚飯，我拒絕了歐巴桑的好意，自己微波冷凍食品來吃。我不知道，原來自己一個人吃飯眼淚會這樣嘩啦嘩啦掉，邊吃邊哭。吃完飯我就看電視，外面不遠處有一座公園，有小孩在那邊哇啦哇啦嘻鬧著，太陽都下山了還在吵，有夠煩的。我突然有種想吐的感覺，我跑去廁所吐，嘴巴裡都是冷凍食品的味道。

那時我就一直抱著馬桶，嘔啊嘔啊的吐個不停。

父親從不用正確的詞彙代替狀聲詞，話題越嚴肅，這種傾向就越明顯。狀聲詞是父親的留白和空洞，他刻意不用正確的詞彙填空。或許是選不出恰當的字詞吧。要選出正確的詞語就得再次深刻回憶往事。

不回到當時的情景，不重新體驗那種傷痛，就無法選出刻骨銘心的形容方式。佳佳和其他家人很難理解狀聲詞的涵義，可能父親下意識在迴避往日的傷痛吧。或者，父親刻意用淡化的方式，來化解往日的哀傷和難堪。因此才用狀聲詞，把真正的情節和痛苦空下來。他寧願用不正經的方式訴說過往，獨自隱忍對他來說太沉重了吧。說與不說，都同樣難受。

佳佳年紀小還不懂事的時候，聽了父親的故事會拍手大笑。因為母親唸給她聽的繪本也有類似的狀聲詞，而父親說故事的語氣，又跟律動兒歌一樣輕鬆歡快。父親能把每件事講得趣味橫生，包括自己的遭遇、悲慘的社會案件，還有小說和漫畫的情節。父親每拋出一個狀聲詞，年幼的佳佳就笑得好開心。她很討厭小朋友尖銳的笑聲，那會讓她想起自己聆聽父親悲慘的故事，還無知發笑的那段往事。佳佳喜歡念書，厭惡自己的無知。念書可以深刻感受和父親相處的時光，至少比聽那些留白的故事強多了。

父親知道自己的原生家庭靠不住，為了培養謀生的本事，年輕時非常用功。兄弟姊妹中他輩分最小，沒有錢去補習班，念書都是去圖書館。圖書館有免費的參考書和題庫，借到了就抄在筆記本上，一題一題解下去。父親高中和大學都考上第一志願，每次都是自己一個人去看榜單，看完了再獨自回家。父親曾說，喜悅找不到人分享也是件痛苦的事。父親找到嚮往的工作時，母親為他流下了喜悅的淚水，隔年他們就結婚了。

佳佳年幼的記憶中，沒有自己一個人跑到後山玩過，也沒有空無一人的家，家中總是有人在。聽了父親的故事，想像父親的痛苦，但也終歸是想像罷了。唯獨透過念書這件事，她似乎能體會那是什麼樣的遭遇。佳佳還在念小學的時候，自己解不出來的題目，父親卻靠著自學的方式想通，她便領悟到父親有多辛苦、多了不起了，這比任何說明都有說服力。父親說過，只要肯下苦功，再難的問題都會像加減乘除一樣迎刃而解。父親指導佳佳時，看起來好可靠、好耀眼。用最辛苦的方法，不斷刻苦努力，最後獲得無人能及的實力，這就是父親的生存之道。

佳佳認為，這無關效率好壞，也無關正確與否。要用正面的態度面對自己的苦難，就得利用那分苦難力爭上游，除此之外別無他法吧。姑且不論對錯，好歹那是父親在地獄中掙扎求生的手段，佳佳並不想否定這一切。父親說她是三個孩子中最適合念書的，也特別關照她的學業，她甚至想過要走上父親的道路。起初還很順利，直到一年半前，佳佳的身體開始拒絕這種生活。身體無法動彈的症狀發作時，佳佳總覺得自己是在背叛父親。也是在那個時候，她才終於了解哥哥和弟弟為何討厭父親那種形同刻苦鍛鍊的念書時間了。同時她也終於明白，父親信奉的「咬牙苦撐」有多殘酷。所謂的咬牙苦撐，其實就是忍耐一切的事物。父親常勉勵小孩，要抱著必死的決心努力，他自己也是這樣走過來的。原來那句必死的決心，對他來說真的是攸關生死。這條荊棘路佳佳走不下去，父親看不慣半途而廢的人，簡直厭惡到殘酷的地步。母親常把父親的脾氣形容成「暴風雨」，但佳佳比誰都清楚，父親動怒時的眼神反而異常平靜。

事情忙完後，大夥叫了壽司來吃。堂姊的小孩四處討啤酒的瓶蓋，說要收集王冠。堂姊叫小孩別用跑的，以免摔倒。佳佳坐在流水造景的旁邊，吃得也差不多了，就用筷子弄鬆飯盒裡的乾貨。一旁的母親悄悄問她，還有沒有其他想吃的東西？身上穿的喪服在衣櫃裡放了很久，有一種類似藥味的潔淨氣味。佳佳不想吃鮪魚，只想吃海膽，母親就夾了海膽放到她的小盤子上。

「佳佳，妳沒喝飲料啊？」坐在斜前方的外公，扯開嗓門大喊。外公的臉都紅了，還替弟弟倒滿一杯柳橙汁，滿到都快溢出來。弟弟喝了一口柳橙汁，外公拿起綠茶和果汁，問佳佳要不要喝，還開玩笑作勢要倒啤酒給她。

「這孩子才十七歲耶。爸你也真是的，這種場合不要喝那麼多啦。」母親一副很無奈的語氣。

「就是說嘛。」不會喝酒又喝到醉的外婆，也來勸外公收斂一點。

「不要害到人家的將來啦。這幾個孩子可優秀了，他們老爸是國立大學畢業，還在大企業高就，孩子中學也都考進好學校。這個家的人都很有出息，親戚看起來也都不錯。我說的沒錯吧，女婿啊？」

「沒有，普通而已。」父親突然被問話，臉上浮現誠惶誠恐又謙遜的笑容。父親跟岳父岳母說話時，態度小到跟平常完全不一樣。外婆接著說：

「看吧，真正頭腦好的人都很謙虛的，才不會炫耀自己的學歷。」

「頭腦好又謙虛，了不起。」外公也跟著拍拍手。

「不敢當，不敢當。」父親替岳父岳母倒啤酒，接著起身對母親說，他要去找其他親戚談點事情，母親點了點頭。

「來來來，多吃一點，來吃點鮪魚。」外婆把盤子推了過來，桌巾順勢滑動，上頭的盤子一傾斜，醬油流到了桌巾上。

「老伴吶，妳嘛幫幫忙。」外公只有喝醉的時候，會稱呼外婆老伴。母親拿起外公的手帕，擦拭桌上的醬油。母親也跟著調侃外婆，拜託外婆別再添亂，講到自己都笑了。外婆趕緊坐回位子上，看著母親清潔桌面，同時表達歉意。

「說到這裡啊，我想起一件很意外的事情。有一次辦完婚禮，大家不是也有叫壽司來吃嗎？」

「喔喔，那件事啊。」母親面帶苦笑，似乎也想起是哪件事。她把沾了醬油的手帕先攤開來，再重新摺好。

「呃，講這個對往生者是有些過意不去啦，但最肥美的鮪魚肚肉才三塊，那個人也沒先讓三個小孩子吃，自己就夾走了，真是嚇了我一跳呢。」

「最後是阿亮沒吃到對吧？」

「不是啦，那時候氣氛太尷尬，大家都不好意思吃。」弟弟立刻糾正母親。

有人在桌子底下拉扯佳佳的裙子，佳佳掀起桌巾，發現是堂姊的兒子。佳佳問他是不是要收集王冠，堂姊的兒子面無表情地點點頭。小朋友的眼睛有點像果凍，有時候看起來怪嚇人的。

「有王冠嗎？」

「有喔，還有塑膠瓶的瓶蓋，要嗎？」

小男孩默默拿走外公手上的金屬瓶蓋，外婆本來也很親切地幫忙收集桌上的瓶蓋，她看到小男孩跑去其他桌以後，就說那小鬼頭不懷好意。

「什麼不懷好意啊？」

「他剛才一直故意鑽到桌子下面，因為大家坐姿都很放鬆。那孩子以後肯定很色。」

「小孩子都這樣啦。你別看阿亮現在這麼成熟，他以前也是巨乳星人好嗎？都仗著自己年紀小，亂摸登美枝大姊的胸部。」

「那些小鬼頭都是故意的啦，明知故犯。」

「人家登美枝大姊笑笑的沒說什麼，我可是嚇得趕緊道歉呢。」

哥哥和登美枝姑姑坐在其他桌，跟周圍的人談笑風生。

小時候的事情佳佳記得很清楚，外公外婆那邊的親戚有個習慣，他們會先讓年幼的孩子挑選想吃的，不料奶奶竟然直接拿走喜歡的食物，這件事給佳佳很大的衝擊。奶奶不只吃壽司如此，吃其他東西也完全沒在客氣，都是直接指明自己要吃什麼，佳佳也曾經羨慕地看著奶奶吃芋頭餡餅。不過，佳佳也不是沒享過口福。後來外婆把佳佳叫到廚房，拿奶奶沒吃的鮪魚肚肉給她吃。大家都不記得有這回事，對弟弟的說法也不疑有他。佳佳細細品嘗海膽的滋味，並沒有說出那件往事。

待在微弱的光源下，眼前的景象看起來好不真實。太陽已經下山了，傍晚的天光消散在茫茫霧雨中。佳佳坐定不動，看弟弟的臀部在前方晃來晃去，隔著褲子都能看出弟弟的臀部消瘦。

深夜，佳佳、父母、弟弟決定住在奶奶家。父親說，他明天還要和大伯他們討論告別式的事情，所以先回房休息了。

又出問題了，但一切結束以後，卻沒有人真正了解事情發生的原因。每次大家都有不同的認知，缺乏共識的虛無感，讓所有人無言以對。每個人入睡前，都在斟酌到底誰對誰錯；每個人都在忍受不同的憤怒和委屈，壓抑在內心發酵好多年。明明是一家人，心中發酵的情緒卻天差地遠。一旦有人稍微舊事重提，其他人就會受到嚴重的傷害。最後大家都會問一個問題，這一切難道都是我的錯？一切痛苦都是自己想不開？倘若真是這樣，那自己的苦究竟所為何來？自己的記憶被其他人的記憶汙染，那種痛苦彷彿身上被灌輸了完全不合的血型。複雜的被害和加害關係，還參雜了酒精的催化，也加深彼此認知的落差。家中的每一位成員，都用自己最站得住腳的方式，去記憶那些傷害自己的往事和言詞，以便用來責備他人，或是保護自己的記憶不被汙染。要保護自己的記憶，唯有離開這個家。家裡沒有法官也沒有神佛，最先離開的人是哥哥，再來是弟弟。

「糟糕糟糕。」弟弟趴在地上收拾殘局，口吻卻很輕巧，像在唱歌一樣。弟弟回頭將沾濕的報紙塞入塑膠袋，佳佳則拿著清潔劑，噴灑弟弟擦拭過的地方。打翻的酒水流進地板的縫隙，形成一條水線。姊弟倆用報紙包起碎掉的酒瓶。

「唱什麼歌啊？這麼悠哉。」在沙發上睡著的母親，突然朝日光燈伸出手，有點類似伸手遮陽的動作。母親揮手一陣亂打，手又落到自己的臉龐上。她用臂膀遮住自己的臉，忿忿地罵著臭兒子、臭女兒，只差沒坐起來罵人。弟弟憋著笑，母親也得意忘形地笑起來，又罵了一句臭兒子、臭女兒。弟弟默默綁緊塑膠袋，襯衫右側的衣襟往裡翻，正好壓在他脖子附近的紅色胎記上。佳佳的膝蓋沒沾到髒東西，卻拍了兩下，拿起沾到酒水的衣服。

浴室的窗戶沒關，外頭的霧雨飄了進來，好在都落進浴缸裡，也就無關緊要了。佳佳前往二樓的洗手間，在洗臉盆裡放水。把濕掉的衣服泡進水裡，再用洗潔劑搓揉。回到客廳，倒掉杯子裡剩下的酒，佳佳叫弟弟先去休息，自己一個人壓扁各種酒類的鋁罐。旁邊還有喝剩的日本酒，她抓起酒瓶把剩下的日本酒也倒光。接著繼續壓扁鋁罐，將排水口的髒東西倒進塑膠袋裡。佳佳正準備把母親吃剩的零嘴放回袋子，母親卻用溫吞的語氣，告訴佳佳拿去吃沒關係。日光燈底下，母親露出一種像在撒嬌、又像在祈求原諒的笑容，問佳佳要不要一起吃零嘴。佳佳拿新褲子給母親替換，但褲子只套了一半在腿上。佳佳也打趣地說，要吃就一起吃。說完，拿起兩包仙貝擠到母親的大屁股旁邊。母親說，佳佳就愛撒嬌。佳佳低頭一看，發現自己剛才跪在地上收拾，跪到膝蓋都發紅了。母親吃仙貝時，先用舌頭舔掉沾有鹽巴的那一面。母親看著搞笑節目發笑，呼吸卻很沉重，大概是鼻塞的關係吧。

佳佳褪下衣服洗澡，鏡中的眼角和嘴唇一帶，感覺有點腫。她泡在浴缸裡，品味著片刻的平靜。當然了，這稱不上健全的平靜。佳佳思索著，為什麼會變成這樣？每次家裡出了什麼事情，讓她受到傷害，卻又在無意中慢慢淡漠。她小時候看的電視劇，激烈的爭執過後一定會有人離去，或是闖下大禍，再不然就是有外人介入。反之，爭執也有可能化干戈為玉帛，成為互相理解的契機。可是現實生活中，完全沒有這樣的情節，至少他們家沒有。爭吵過後，隨便吃點水果或零嘴，看完搞笑節目倒頭大睡，所有問題就在沒解決的狀態下，成為日常生活的一部分。

不對，警察來過一次，佳佳想起那段經歷。那次母親喝醉和家人吵架，菜刀直接插在木製的砧板上。吵架的聲音傳到屋外，鄰居生怕出事，打電話叫了警察。

警察先把大人和小孩分開，再把小孩叫去問話。哥哥不曉得跑去哪裡過夜，沒有回家。警察問了一些很基本的問題，等寫完資料以後，警察改用隨和的語氣，問父母有沒有動手打人。父親事先叮嚀過，不要回答警察任何問題，否則母親可能會被帶走。警察看佳佳神情緊繃，改口勸慰。按照警察的說法，他們只是想知道事實而已，不會馬上就對父母怎麼樣。佳佳說自己沒被打，那只是單純的吵架，自己也有錯。佳佳說的是實話，實際面對警察，她反而認為事情沒那麼嚴重。

「這種事很常發生嗎？」「沒有。」

接著弟弟被警察帶到外面問話，佳佳也沒問他是怎麼回答的。如果那時候坦承一切，會有什麼不一樣嗎？還是會被當成一般的家庭糾紛處理呢？這些問題佳佳想不透，只是有一點她很清楚，就算有外力介入，她也不想離開這個家尋求庇護。她也是導致地獄的元凶之一，自己一個人尋求庇護，還裝出被害者的樣子說不過去。佳佳真正想表達的是，其實大家都受到傷害，家中的每個人都受傷了，偏偏又無能為力。要是真有外人願意施以援手，那請拯救所有的人吧，一個都別落下。把所有錯都推到某一個人身上，認定那個人是加害者，這根本稱不上救贖。

所以，家庭問題註定只能用淡漠的方式面對嗎？佳佳茫然了。頭髮要洗乾淨才行，繚繞耳畔的謾罵和啜泣聲，隨水流沖洩而去。佳佳伸出手指，勾起浮在水面上的頭髮。頭髮纏在食指上，一拉就斷，斷了就用水沖走。佳佳仰望天花板上黯淡的日光燈，從窗戶縫隙吹進來的風打在臉上，喉頭深處湧現一股熱氣，淚水也奪眶而出。沒有任何情緒的波動，眼淚照樣落下。浴缸裡的熱水變涼，身上也失去了熱度。

洗完澡出來一看，母親就那樣睡著了。佳佳正要回客廳旁邊的和室，看到手機的光源照亮弟弟的臉龐。佳佳小聲問弟弟，怎麼還不睡覺？弟弟翻身回答，這間房子灰塵太多。弟弟以前就有氣喘的毛病，聽到弟弟這樣講，佳佳感覺自己的腳也癢了起來。

「幫你拿藥來吧？車上應該有。」

「不用，沒關係。」弟弟起身揉揉鼻子，低著頭一副很疲倦的模樣，愣愣地環視房內。那一連串的動作有點像野生動物，有時候哥哥的動作，也會給人一種野生動物的感覺。哥哥已經長得比父親高了，弟弟的身高也快要超越父親。

「媽睡著了嗎？」弟弟瞇起眼睛，看著沒有關燈的客廳。

「令人頭痛對吧？」

「姊，剛才妳也太過分了。」

「怎麼說？」佳佳對著弟弟的背影提問。弟弟走到客廳，佳佳聽到打開水龍頭的聲音，人在廚房的弟弟，稍微拉高嗓門回答：

「妳剛才說，大哥會離開家，都是家裡烏煙瘴氣的關係，妳說這一切都是爸媽害的。」弟弟倒了兩杯水回來，一杯給佳佳。

「誰叫媽一直埋怨不停，他們還怪哥，我只是實話實說而已。」

「誰對誰錯可難說了。大哥也是為所欲為啊，家裡的事情不幫忙，整天往外跑，媽每天做的晚餐也不吃。姊妳也一樣啊，說什麼一起吃飯會吵架，沒食欲，所以不想跟家人一起吃。妳知道媽倒掉飯菜的時候，哭得有多傷心、多難過嗎？還有啊，大哥也沒跟家人說一聲，就辦休學離家，太誇張了啦。我也知道那陣子爸媽都在責怪大哥。」

「那才不是單純的責怪。只要跟他們一起吃飯，他們喝了酒就找小孩麻煩，動不動就說要死給我們看，或是叫我們去死一死。然後隔天他們自己忘得一乾二淨，誰受得了啊？」

「呃，我們家不都是這樣嗎？」弟弟笑了。

「你不覺得很過分嗎？」

「是很過分啊，大家都很過分。」

弟弟講的這些事，說穿了就是先有雞還是先有蛋的問題。佳佳凝視狹長的杯子，看著光影在水中搖曳，那是客廳的光源映照在水面上。大多數的情況下，弟弟都是客觀又正確的。現在他說的可能也是事實，但佳佳仍然頗有微詞，似乎有什麼話不吐不快。她想起了每一個痛苦難耐的夜晚，用一句無可奈何來打發那些往事，未免太過分了吧？轉念及此，佳佳喝了一口水。

後來弟弟談起了國家大事，好比政治、經濟、藝術、教育之類的話題。秋野家的男性都很喜歡聊這種話題，父親和哥哥也是，佳佳不能理解。在她看來，那些都是遙不可及的事情，國家中樞做的決策，只會改變高牆內的狀況，對牆外的人難以產生影響。不是每個人都有機會得到救贖，這也是無可奈何的事。至少，佳佳不認為國家和時代的進步，能夠減輕自己的痛苦。不，說不定某些制度確實和自己的痛苦息息相關。在遙遠的未來，或許真有機會改善吧。然而，改善永遠不夠及時，一切都太遲了。人們受傷的速度，不是藝術或政治追得上的。佳佳也說出了自己的看法：

「你講的那些東西啊，說穿了也幫不了任何人，不是嗎？不管國家和時代怎麼改變，只要人性沒變，一切都不會改變。」

「是嗎？我認為還是有意義的。」弟弟靜靜地說道。

弟弟又談起了國家大事，就在佳佳打算入睡的時候，弟弟提到了往事。佳佳閉著眼睛凝視黑暗，沉默的空間只剩下弟弟的聲音。這件事啊，我是已經不計較了啦，就以前要參加大考的時候，妳還記得嗎？

「記得什麼？」

「我那時候正值變聲期，我們兩個吵架，姊妳說我聲音很噁心。」

佳佳裝糊塗，其實記得非常清楚。眼前有一大疊舊書，好像是以前的文豪大全集。整套封皮的書，跟看完的報紙一樣用塑膠繩捆起來。大概是爺爺的東西吧，也不曉得放多久沒人動過了，奶奶不是一個會看書的人。

「真的很過分耶。」弟弟用半開玩笑的語氣抱怨，聲音並不嚴肅：「妳叫我別用那種聲音說話，我說我的聲音就是那樣，妳還罵我故意的。我被嗆到說不出話，也不曉得該如何是好，好一陣子都不敢開口講話。」

「好過分喔。」佳佳裝出感同身受的模樣，也不是真心誠意道歉。她動了動身子，仰望著天花板。昏暗的燈泡旁邊，還有一顆小夜燈。佳佳感覺眼睛深處有點癢，眨了眨眼皮。佳佳在心裡默唸了一次，那句話確實很過分，應該要誠心道歉才對。但弟弟的語氣實在太不嚴肅了，佳佳的道歉也只會顯得沒誠意。

「是我錯了。抱歉，對不起。」

弟弟咳了一下，說沒關係。

「我還是去拿藥吧。」佳佳撐起身子，到客廳椅子上拿起母親的包包，從裡面取出車鑰匙。

躺在寢具上的背影看起來好單薄。佳佳滿心疑惑，在腦海裡回放剛才弟弟說過的話。自己當初怎麼會說那種話呢？明明說了那麼過分的話，為何沒有傷害弟弟的自覺和印象呢？佳佳對自己的輕忽感到害怕，對她來說那只是其中一個糾紛的片段。弟弟似乎也沒有真的受到傷害，純粹是想找機會回嘴罷了。這類事情很容易被淡忘，事實上，剛才那些話在佳佳的記憶中也沒多大的意義。

佳佳也終於想起，弟弟那陣子說話確實有些問題。變聲期過了以後，弟弟每次情緒激動照樣會口吃，生氣的表情也夾雜一絲詭異的笑容。跟父母訴說委屈的時候，甚至還會邊笑邊流淚。

佳佳心想，她並沒有領略弟弟真正的用意。現在她才明白，也許剛才弟弟是在袒露受傷的回憶。佳佳並不記得自己傷害了弟弟，弟弟又是怎麼看待這件事的呢？真正難受的不是痛苦本身，也不是伴隨而來的恥辱，而是加害者不承認自己造成傷害。人之所以能忍受痛苦，是因為知道自己經歷了痛苦。當自己的痛苦不被當一回事，這種認知上的落差會導致更大的痛苦。弟弟已經了解，哭鬧著責備家人沒有意義。因此，弟弟只說出發生過的事實，希望佳佳回想起來。

霧雨打在臉上，佳佳用袖子擦了擦臉。對面鄰居的腳踏車上掛著銀色的護套，被風吹得咧咧作響，影子也活靈活現動了起來，一部分樹枝穿透房子的柵欄。佳佳打開前方車門，趴進副駕駛座找醫藥箱。無奈她手不夠長，只好關上車門坐進車裡。門一關上，外頭的風聲就聽不到了。穿在身上的外套下擺，不小心被車門夾到，佳佳用力一拉，整個人向後摔倒。窗外上下顛倒的天空，活像一個漆黑的窟窿。佳佳害臊地笑了，嘴巴就這樣張的開開。她想要盡可能張大嘴巴，張到下巴和脖子都會痛的程度。她想起了弟弟小時候的圓臉。

那是離變聲期還很遙遠的童年，當時的弟弟很文靜，一生氣就會紅著臉找人吵架。佳佳記得念小學二年級時，弟弟也進入同一間小學就讀。有一天佳佳做完值日生的工作，正要走回教室。由於手提重物的關係，佳佳反覆張開手掌促進血液循環。走著走著，她經過體育館的入口旁邊。走上無障礙坡道就是二年級的教室，但她實在有點好奇，就朝反方向走，從窗外偷看弟弟的教室。

當時是午休時間，弟弟一個人坐在位子上，眼神透明清澈，看不出任何情緒。佳佳猶豫該不該找弟弟說話，最後還是作罷。弟弟似乎沒有注意到她，而她也不希望在休息時間，被其他兄弟打擾。過了一會，弟弟慢慢站起來，打開書桌上的黑色書包。接著，弟弟整顆腦袋塞進書包裡，不曉得找什麼東西，看上去跟在挖洞一樣。那個書包對一年級小朋友來說太大了，弟弟在書包裡翻找東西時，身體也跟著晃來晃去。佳佳愣在原地，猜不出弟弟到底要找什麼。她已經忘了當時的心境。只記得後來有同學叫住她，就跟對方一起去操場了，連同學的長相都想不起來。佳佳爬到遊樂器材的最上方，俯瞰操場和校舍。日光照在髮旋上，感覺好溫暖。上頭的天空沒有一片烏雲，閉上眼睛也感覺得到陽光普照。失去平衡的身體稍微晃了一下，金屬的熱度傳遞到麻痺的掌心。

意識回到現在，佳佳從張大的嘴巴大力吸了兩口氣，重關一次車門。之後打開藥箱，裡面有OK繃、消毒水、葛根湯、麻黃湯、胃腸藥、頭痛藥、無糖口香糖，以及一些可能是感冒藥的藥物。偏偏就是沒有氣喘噴霧劑，可能剛好用完了吧。好在還有透皮貼劑，這種長寬兩公分的四方形貼片，裡面含有氣管擴張的成分。弟弟氣喘症狀嚴重時，經常在胸口的中央貼上這種藥劑。佳佳還記得以前弟弟洗完澡，水面上都有這種貼片，大概是洗澡前忘記撕下來吧。藥箱裡的貼片是幼兒用的，現在弟弟都升上高中了，也不知道對他有沒有用。弟弟經歷變聲期後，身材更高大，臉頰也消瘦了。臉上多了不正經的笑容，也開始懂得諷刺別人了。佳佳偶爾會想起那個教室裡的弟弟，如今的弟弟跟過去完全不一樣。佳佳拿走所有的貼劑下車，事到如今誠心道歉，那個臉頰豐潤、眼神清澈的弟弟也聽不到了。

傷害是無法挽回的。佳佳的頭髮被雨淋濕，她對著車子按下遙控鎖。兩個車燈就像人的眼睛一樣，在霧雨中發出了短暫的聲音和光芒，隨後又沒了動靜。

潛藏在民房中的陰影產生了變化，後方的田地土質黝黑，彷彿蘊含大量的水氣。田地裡有陌生的農作物，身後的堂姊說，那是蒟蒻。

「電視上的蒟蒻田廣告，拍得很奇怪對吧？」堂姊跟佳佳一起看著田地，聊到了廣告的話題。堂姊的茶色頭髮也沾有水氣，長度差不多在喪服的肩部一帶。佳佳沒看過那廣告，反問堂姊廣告內容。堂姊誇張地睜大眼睛：

「妳沒看過那廣告？就是唱著蒟蒻田裡有水果的那個啊？」堂姊唱了一小段，之後笑著說蒟蒻田怎麼可能有水果。有個小男生拉扯堂姊的袖子，指著地面上的石頭說，那是星星的石頭。

「星星的石頭？好漂亮喔。」佳佳稱讚道，小男生也心滿意足，打算把石頭放進口袋裡。堂姊勸誡小男生，石頭不可以帶回去。她牽起小男生的另一隻手，蹲下來好言相勸，大意是說這種地方的東西不能帶走。

告別式在上午舉行，父親緊閉嘴唇不說話，也不肯去看棺木中的人最後一眼。父親駝著背站在「老么」的位子，離棺木有一段距離。佳佳實在看不下去，輕輕推了父親一把，小聲地叫父親上前一點。父親點點頭走近棺木，背影在顫抖，或許哭了吧。

一輛車子輾過底下的碎石開了過來，堂姊的丈夫從窗戶探頭出來。小男生趁著父母在交談時，把剛才丟掉的石頭又撿回來。佳佳看到了也沒說什麼，小男生似乎也發現佳佳在注視他。

「妳要去超商對吧？要搭便車嗎？」堂姊沒注意到小孩的舉動，問佳佳要不要搭車。

「沒關係，我跟我哥一起去。」

「好吧。」堂姊撥了一下頭髮，叫兒子趕快上車，自己也進到車裡。

佳佳決定跟哥哥一起去數公里外的便利商店。她有雞蛋過敏的毛病，在火葬場不小心吃到有雞蛋的便當配菜，結果就跑廁所了。哥哥說，之後再去便利商店買便當給她吃。

佳佳聽到動物的低吼聲，原來是一旁的民宅養了一條褐色的狗，在窗戶上磨蹭著鼻子。當主人外出，門外又有東西吸引狗的注意力，狗就會來到窗邊，亢奮地磨蹭鼻子。所以玻璃窗上才會有鼻涕的痕跡，活像乾掉的水垢。外公外婆家養的土狗也有一樣的性情，看到貓咪來就吠，看到車子來就盯著不放，一有人來就搖尾巴。但有玻璃擋著，狗又出不來，殘留在玻璃上的鼻水，看上去比淚痕還要激動，佳佳不忍再看下去。哥哥來了，關心佳佳還想不想吐。哥哥已經換下黑色西服，改穿卡其色的外套。佳佳仰望哥哥，說自己肚子餓了。

「給你添麻煩了。」佳佳向哥哥道歉，哥哥轉身對著後方說道：

「不會啦，反正待在那裡也心煩。」哥哥擋住停車場的車道，背對著談笑風生的親戚，雙手插進外套的口袋裡。佳佳不置可否地踩踏道路上的緣石。都踩在緣石上了，身高還是比不上哥哥。弟弟的身高有超過哥哥嗎？昨晚弟弟說的話言猶在耳。他說，哥哥在家也是為所欲為。

有一段期間，父親是家中的絕對權威。這句話的意思，不是父親強迫家人服從，而是家裡發生糾紛的時候，負責仲裁的人是父親。父親會決定誰對誰錯，或是兩邊一起懲罰。很長一段時間，家人都遵守這套制度，乖乖地道歉、受罰，接受父親的庇護。

接下來是哥哥的時代，因為父親在教三個小孩念書時，哥哥是唯一會頂撞父親的。小時候家中的客廳，掛著一幅巨大的日本地圖，幾乎跟一個成人差不多高。上面用平假名寫著日本各都道府縣的名稱，以及行政機關的所在地，還畫上了各地的名產插畫。高知的大海有魚群躍上水面，宮崎畫了雞隻，旁邊還標示是「肉雞」。幾個小孩就在地圖寫上河川山脈，和世界遺產的名稱。最後那張地圖被哥哥撕成兩半，佳佳不記得哥哥撕毀地圖的原因，她只記得自己哭得很傷心，而且非常生氣。

最懷念父親掌權的，應該就是佳佳了。哥哥和弟弟都把那段辛苦念書的歲月，視為痛苦的回憶，但佳佳覺得那是人生中最幸福的時光。的確，那段日子沒什麼玩樂的時間，不專心念書也會被打，這些佳佳都有印象。不過，她的負面印象沒有哥哥弟弟那麼強。並不是只有她沒被打罵，佳佳也跟其他兄弟一樣，偷懶就會被責罵或拉扯頭髮。純粹是有更印象深刻的美好回憶，值得她一再回想。

週末從早上九點開始念書，念到午餐時間才結束。下午一點或兩點，父親會叫三個孩子回來繼續念書。下午三點是點心時間，他們常吃洋芋片。書念到一個段落，父親就從櫃子拿出超市買來的海苔洋芋片，並在桌上攤開一張衛生紙。洋芋片統統倒在衛生紙上面，大家猜拳，贏得人可以先選一片來吃。也不是都挑大的吃，有時候挑大的，有時候挑一些外觀焦黑但味道濃郁的，沾滿海苔的是大家的最愛。最後只剩下小塊的碎屑，大家就用手指沾著來吃。母親看了總笑他們貪吃。

父親經常用「這傢伙」來形容代入的數字，或是國文和英文的連接詞，這也是父親的口頭禪。這傢伙啊，咻一下代入這裡，他會變成怎樣？變成二？不對，我再說一次，我說的是這傢伙，就這樣咻一下代入這裡，會變成怎樣？變不見？父親教學很有耐心，他每次用狀聲詞都差點笑場，佳佳覺得父親好有趣，也會跟著喊來喊去。哥哥念到一半嫌無聊，開始在傳單的背面畫圖，父親就沒給他好臉色。當時的佳佳認為哥哥是自作自受，父親責罵哥哥，把弟弟趕出家門，佳佳都沒有維護他們的念頭。

不過，等到哥哥的身材比父親高大，家中的光景就變了。父親不再打哥哥，輪到哥哥保護家人不受父親的責罵。漸漸地，大家都聽從哥哥的。只要家裡發生不合理的事情，哥哥會跳出來主持公道。哥哥敢於指出父親的錯誤，甚至還會責罵父親不該動手打人。佳佳和母親對哥哥報以無條件的信賴，但哥哥拋棄這個家了，某一天什麼都不說就走了。如果弟弟還在家，現在又會是怎樣的光景呢？家中會變成弟弟掌握話語權嗎？過去，父親用他的激情擄獲家人的心，哥哥則是用不卑不亢的方式做到這一點。現在弟弟有種笑看世態的氣質，同樣得到了母親和佳佳的信賴。

不管怎麼說，佳佳掌握話語權的時代是不會來的。因為佳佳不像他們，有明確的自我雛形。她無法做出選擇，去接受自己認定的正義，排斥自己認定的謬誤。佳佳總是在不知不覺間受到他人的影響。當家人對她說，妳錯了，是妳不對，妳的人生太醜陋了，她只能哭著搖頭否認，任由那些話語影響自己，最後相信自己真的就像對方說的一樣差勁。她的頭腦還來不及理解內容，身體就已經吸收那些言語和影響力了。由於腦袋什麼都沒想通，所以就算她的行為有異，也沒辦法正確反省，只會感覺言語和身體互斥所殘留下來的異樣感。

佳佳每天早上都得面對這種後果。真的不誇張，每天早上。哥哥離家以後，也沒有人阻止這荒唐的一切了。每天一大早，佳佳躺在床上動彈不得，父母叫她起床，她就像猴子一樣死抓著棉被不放，嘴上還嚷嚷著自己被醫生診斷憂鬱症，拜託家人不要管她，讓她下午再去上學。

父親一把揪住她的頭髮，她的注意力全轉移到毛孔的痛楚上；父親一開口罵人，字字句句都刺入她的心房。心理健康、心理健康、心理健康，最近的年輕人整天講這些屁話，醫生也都胡亂診斷。妳想死？想休學？全都是父母的錯？太醜陋了啦，妳的人生太醜陋了啦。跟妳說，沒有人不想死，大家都是忍著痛苦，從早到晚拚命工作，掙扎求生啦。大家隨時隨地都想一死了之，每個人都很痛苦。結果妳咧？妳媽稍微生點小病，妳就受不了喔？這麼脆弱是不是？真的這麼痛苦的話，妳現在就滾啦，想死就趕快去死一死啊。媽的小賤人，我根本不想看到妳，妳也配當我女兒？丟臉死了。父親的怒吼不絕於耳，父母花大錢供她念書，她卻偷懶不去上學，這個事實也在摧折她的心靈。佳佳想要動起來，想要去上學，偏偏身體就是動不了。每天太陽一出來，佳佳就一再重申自己動不了，太陽下山以後，又出於自責想要一死了之。

父親的怒罵再次響起。我跟妳說啦，妳爸我從以前就一直想死，但我還是忍著去公司上班，賺錢讓妳念書、給妳過好日子。妳現在說妳沒辦法上學？所以妳是在否定我一切的努力就對了？是怎樣妳說啊？那妳把我的人生還來啊，喂，拜託妳把我的人生還來好不好？拜、託、妳，還來啦，媽的叫妳還來沒聽到喔？當我求妳行不行，還來啦！妳真是夠殘忍的，也太過分了吧？我賺的錢，我的人生，全都被妳毀了。妳故意的是吧？妳是故意要整我、要氣我的是吧？這一切全都亂掉了，都是妳害的啦。拜託妳行行好，想想辦法啊。妳這樣活著都不覺得丟臉喔？說話啊。佳佳大聲尖叫，不斷向父親道歉，她說自己不念書了，父親也不用供她念書了。父親回嗆佳佳，不要把事情講得如此簡單。

「我每天辛辛苦苦工作，好不容易賺來的錢，都被妳浪費了，王八蛋。」

「別打了。」佳佳聽到自己在哀號。頭被抓去撞牆壁，好痛。頭髮被用力拉扯，好痛。肚子被踹，好痛。胃裡的東西都吐出來，喉嚨也好痛。早上起床好痛苦。晚上睡不好，去學校上課好痛苦。看著自己成為一個廢人好痛苦。一直吐一直吐，痛苦不會結束。一直哭一直哀號，痛苦還是不會結束。每一天都生不如死，枯等黑夜和白晝降臨。大半夜，佳佳會發出斷斷續續的哭聲，身體不由自主地顫動。做人好痛苦，彷彿自己不配當一個人。甚至還產生一種左右兩眼被貫穿的幻象，不管在擁擠的電車還是課堂上，或是在保健室休息，都有尖刺貫穿她的雙目，翻攪著她的大腦。佳佳如同一條被串起來的魚乾，魚乾不用辛苦念書，也不用去學校上課，攤在房間裡曬乾就行了。這種幻象稍微拯救了她的心靈，在上課的時候就把自己當成番茄、肉塊、魚乾。番茄被打本來就會噴汁，可以盡情大哭沒關係。肉塊本來就是做成絞肉用的，被打也是剛好而已。每當佳佳感到痛苦的時候，就會放棄當人。物品是不會思考的，不會思考，痛苦就會稍微減輕。去看醫生的時候，她已經搞不懂自己痛苦的原因是什麼了。

起初她還會努力解釋，漸漸地連說明都懶了。反正說得再多也是隔靴搔癢，根本無法觸及真相。只有一個不會動的皮囊，長時間與她相伴。母親實在看不下去，親自開車接送她上下學，她才慢慢恢復到願意去上學的程度。但有時候，她還是會喪失一切的行動能力。

哥哥先讓一輛車子開過，才小跑步穿越馬路。佳佳正要起步，哥哥攤開手掌，隔了一拍才叫她等一下。佳佳等待小卡車開過，注視著對面的哥哥，哥哥背山而立。

哥哥身上穿的外套她沒看過，頭髮也是她沒看過的髮型。現在她終於體會到母親為何寂寞了。

佳佳穿過馬路，追上走在前頭的哥哥。佳佳問，留下大嫂一個人面對親戚要不要緊？哥哥沒回頭，只說大嫂應該不要緊，母親也想找人聊天，兩個人有伴。

「你明天不用上班嗎？」

「我放假，可是我老婆一大早就要起來，所以買完東西我們就得趕回去了。」

佳佳心裡想的是，大嫂也會難過哭泣嗎？她沒看過，但是可以想像。哥哥應該會安慰大嫂吧，就像過去挺身保護家人那樣。奇怪的是，佳佳想像的不是哭泣的大嫂，而是哥哥壓在大嫂身上晃動的景象。她只在電影上看過性行為，所以嚴格來說，她也不敢確定自己想像的是不是哥哥的背部。

「哥，為什麼……」佳佳本來想問，為什麼哥哥會跟大嫂在一起？為什麼要離開這個家？但她不曉得如何開口才好，最後換了一個問法。

「為什麼你嫌家人麻煩？」

「確實很麻煩吧？我反倒想問妳，妳怎麼有辦法在那裡生活下去，不會發瘋嗎？」哥哥回答。

佳佳說，自己當然會發瘋。

「我不會回去的。也許妳無法體會，總之我不可能回去。」哥哥又說了一句。

兄妹二人沿著山麓前行，前方有一條路，走過岔路還有一整排民房。玉米田的另一邊有民宿的看板，上面用方言寫著歡迎光臨。

途中，他們經過一家蔬果鋪，店內沒有人影。木製屋頂下吊著一顆燈泡，門內是昏暗的客廳，地板上鋪滿坐墊。小圓桌上放著一個熱水瓶，前方的紙箱裡，有幾根蘿蔔長得很像女孩子的腿。哥哥看著眼前的景象，說他也買點東西來吃好了，顯然火葬場那邊的便當吃不飽。兄妹二人進入便利商店，哥哥拿起夏威夷漢堡蓋飯的便當，端詳了好一會。

「那個你吃得下哦？」

「嗯。」哥哥把自己挑的夏威夷漢堡蓋飯便當，放進橘色購物籃裡，籃子裡已經有一個佳佳要吃的雞排便當了。哥哥又放了一款含有果凍的飲料，接著大步走向店內，似乎又想到要買什麼。哥哥挑了一瓶可樂，又問佳佳想喝什麼。

「可樂。」哥哥又拿了一瓶可樂放進籃子。

二人在店內的用餐區吃完便當，離開時已經黃昏時分。柔和的陽光遍照整座停車場。走了一會，出現一條以前走過的路。過去他們只在冬天造訪此地，所以剛才沒有注意到那條路。回程要走上坡，每走一步呼吸就越急促，胸口也在冒汗。山脈看上去沉穩凝重，卻有無數的光影和聲響。好比鳥兒長鳴的聲音，後方草叢昆蟲振翅的聲音，還有隱隱約約的蟬鳴聲。蟬鳴聲深淺不一，停下腳步時，感覺整座山有一股蓄勢待發的沉靜力道。

目光順著群山重嶂的景象望去，突然出現一座山谷，深度令人心驚。下方聽得見河川流水的聲音，眼睛卻什麼都看不到。

周圍的芒草跟人一樣高，哥哥不耐煩地撥開芒草。前方有一條蜿蜒的道路，最曲折的地方有一排墓碑。佳佳想起爺爺的墳墓就在那裡，打算去掃墓祭拜。哥哥聽了表情有些僵硬，但還是幫忙打點。

他們沒有從正門進入，而是先爬上斜坡，再走到石階穿越植物結成的拱門。那是替爺爺掃墓的捷徑，旁邊有好幾尊圍著紅色方巾的地藏，用來供養嬰靈。哥哥和佳佳合掌膜拜，這也是他們來掃墓都會做的事情。佳佳偷瞄哥哥閉目凝神的表情，母親生下哥哥以後，本來還懷了一個孩子，沒流產的話應該是女孩。哥哥合掌膜拜，不知道是不是在緬懷緣慳一面的妹妹？

「所以，都是因為生下姊姊的關係，那個孩子才會死掉囉？」年幼的弟弟曾經口無遮攔亂講話，母親趕緊否認。

兄妹在無人的自助式商店投入一百圓，買了線香和打火機前往墓地。佳佳本想多帶水桶和勺子，哥哥卻說心意到就好。

佳佳蹲下來合掌膜拜，緊閉的雙眸感覺外界失去了光芒，天色一下子變黑了，風勢也比之前凝重。群山擁抱的黑暗，被風吹得蠢蠢欲動。很快就要下大雨了，潮濕的線香遲遲無法點燃。佳佳擦擦臉，轉頭望向哥哥。哥哥正在玩手機，還用衣擺擦拭手機表面，鬱悶地仰望陰雨綿綿的天空。佳佳又點了幾下打火機，哥哥總算注意到了，一把接下佳佳手中的打火機和線香。

佳佳一直想點燃潮濕的那一邊，哥哥卻從另一頭點火。一開始有小小的火光燃燒，很快就消失了。火光消失後，線香的前端變黑了，好在成功燒出灰燼。佳佳一陣驚喜，她先謝謝哥哥，放好線香後又膜拜了一會，才站起身來。

離開的時候，他們又經過供養嬰靈的地藏前。雨水打在紅色方巾上，濕掉的方巾顏色越來越深。

「如果真的很難受……」哥哥話說到一半，猶豫了一會：

「那就離開家吧，反正他們都是大人了。」

「等我出社會吧，我不想現在離開，傷他們的心。」

「妳這樣不夠獨立自主。」哥哥突然激動起來，佳佳當下並不曉得，她剛才說的那番話刺激到離家出走的哥哥。她只是複誦著獨立自主這句話，心情有點火。

「哥，那你就很獨立自主嗎？」佳佳也回嘴，雨水打在她的下嘴唇上：

「假如有一天，大嫂變得殘破不堪，受到很大的傷害，整個人神智錯亂、哭喊尖叫，或是碰到什麼不合理的對待，難道你就會馬上拋棄她嗎？」

哥哥沉默了，似乎不大高興。佳佳明知不該再說下去，卻管不住自己的嘴巴。她盡可能不用責備的語氣來說話。

「哥，你是不是以為我不離開，只因為他們是爸媽？我跟你說，不是這樣的。」

嚴格來說，這是一種類似父母對待子女的心境。不是理性叫她不要放棄，而是內在的生命要求她不能放棄。

「為什麼一家人會變成這樣啊。」

哥哥喃喃自語，不願再多爭辯什麼。他的語氣不是真的在提問，而是近乎放棄的口吻，所以佳佳也沉默了。

有人說，人只有獲得足夠的關愛，才有能力去愛別人。這番話確實有一點道理，但佳佳認為這不是全部。

自己成了別人依靠的對象，也是付出關愛的原因。那次大考放榜，佳佳似乎在父母心中聽到幼兒的哭聲，彷彿他們才剛出世，沒有其他人能夠依靠。佳佳從小到大都體驗到被愛的感覺，在現代社會這是非常難能可貴的事情。愛不是單方面接受的東西，當有人尋求關愛和幫助，也會化育真正的愛。

雨勢更大了，道路兩旁突出的樹枝隨風搖曳，雨水自葉片滑落。激流的聲音聽起來更加湍急，佳佳望向橋的正下方，感覺一旁的哥哥有意趕路。她刻意凝視橋下，覺得自己的意識快被黑暗的綠意吞沒。

道路變窄了，鐵捲門上貼有競選的宣傳海報，海報貼在凹凸不平的鐵捲門上，自然也是凹凸不平。海報上的政客眼中閃耀著白光，每張競選海報上的政客，都是刻意拍成瞳孔會發光的樣子吧。哥哥回過頭來，將外套給佳佳擋雨，自己的頭髮都沾上亮白的水珠。外套上有哥哥的味道，四周瀰漫著土地和草木被雨水滋潤的香氣。即將步入喪禮會場的時候，鄰家的那隻狗又叫了。佳佳嚇了一跳退到旁邊，碰巧地上有車子開走留下的水窪。哥哥好心提醒佳佳不要踩到，偏偏還是踩到了，鞋子都弄髒了。

父親把西裝收進包包裡，順便問哥哥怎麼沒帶雨傘，哥哥只是隨口應了一句，直接走入會場尋找大嫂。佳佳身上的衣服也都濕了，父親叫佳佳快去換衣服。一進會場，母親問佳佳怎麼兄妹倆都濕透了？顯然母親已經先碰到哥哥。

換完衣服後，母親還在跟哥哥大嫂談話。穿著黑色西裝的弟弟，在同一個房裡玩手機，邊玩還邊前後搖晃椅子。父親手肘撐在桌上，一副快睡著的樣子。父女倆決定一起去車上放東西，但大支的雨傘只有一支。父親從包包裡拿出摺疊傘交給佳佳，父親快步走在前頭，佳佳跟在後方，兩人相距半步。父親的手臂好白，背影好小。只有在陽光照射下，父親的影子才會充滿存在感。雨天的時候，父親就只是原來的大小。

父親突然轉過頭來，碰觸佳佳手上折疊傘的彈簧部位：

「這傢伙是朝內彎的，很不好摺疊對吧。」

「你說這傢伙？」佳佳觸摸雨傘內側的骨架，模仿父親講話的方式。

父親正要答話，發現佳佳在模仿他，露出了彆扭的表情。

「爸，你在教我們功課的時候，經常用這種擬人的口吻。」佳佳話說到一半，情緒頓時湧上心頭，她趕緊吸一口氣，緩和眼窩的熱度。

「是啊。」父親盯著自己的腳尖。

父親又背對佳佳。佳佳跟上父親的背影，心裡想的是，不知道父親還記不記得她說過的怨言。佳佳曾經哭著痛罵父親，指責一切都是父親的錯，都是父親害她變成這樣。其實最主要的問題，是她的身體動不動就罷工，但這一點應該不是父親的錯。佳佳想跟父親道歉，是我錯了，你養育我長大，對我滿懷期待，辛辛苦苦賺錢供我念書，我卻成了一個廢人。我沒法去上學，卻怪到你和媽的頭上。佳佳好想抓住父親的背大哭。

「妳要去遊樂園？」父親以一種很不開心的語氣反問母親。母親一坐上副駕駛座，就吵著要去遊樂園玩。以前全家人出遊，也有去那裡玩過。要去遊樂園得往北開一段距離，連睡覺的時間也算進去的話，少說要花上一整天的時間。弟弟本來要回外公外婆家，母親說要帶弟弟一起去，就把弟弟抓來了。哥哥明天也放假，想當然哥哥沒有答應同行。哥哥的答覆讓母親很失望，所以乾脆退而求其次，一家四口一起去玩也好。

「難得來到這裡，我就想去嘛。」
父親誇張地大嘆一口氣，火大地摳著方向盤：
「我說啊，妳有沒有搞清楚狀況？我們是來參加喪禮，不是來旅行的好嗎？」
「不是嘛，不把握這次機會，也不知道什麼時候才能一起出遠門了。你忘了嗎？我們以前很常一起去旅行，現在都沒有了。」
父親不說話。
「我家兩個老的都先離開了，總不能讓底迪一個人回去吧？」母親看著弟弟，一臉很困擾的樣子。
父親又嘆了一口氣。他已經懶得爭論，直接粗魯地開門下車。他說自己要補眠，想玩的人來開車。
母親一口答應，開開心心坐上駕駛座，繫好安全帶。她還笑咪咪地回過頭，告訴兩姊弟先睡一會沒關係。父親正要坐上副駕駛座，弟弟問父親，讓母親開車要不要緊？母親也不等父親答話，逕自掛保證說沒問題。

這件事成了爭執的導火線，母親多次對父親搭話，父親都沒理她。其他人跟父親攀談，父親照樣不理人。一開始母親也沒在意，只問父親晚餐想吃什麼，父親死都不肯答話。問到後來母親也不高興了，搞不懂父親到底想怎樣。車子越往北開，天氣就越晴朗，車內都是夕陽的殘紅。

母親一直跟孩子找話聊，中途還問父親是不是在生悶氣？是不是想回去？母親也跟父親道歉，試著問出父親的想法。

父親在副駕駛座上，故意別過頭不理會母親，只對後座的弟弟說話。弟弟再也受不了這種氣氛，指責父親不應該這樣。

「呃，媽當然也有無理取鬧的地方，她提出的要求太任性，那是她不對，可是……」

「你爸也沒好到哪去。」弟弟話還沒說完，母親以為弟弟在說她壞話，立刻發難。

「沒有啦，弟不是在罵妳。」

「不能怪我誤會啊。」母親聽了佳佳的話，眼睛依舊直視前方，語氣卻變得很刻薄，攻擊的矛頭也轉向弟弟，她埋怨弟弟總是愛多嘴。

各種責難交雜在一起，根本聽不出在說什麼，場面卻越見火爆。佳佳望向窗外，緩解耳內積壓的熱火。窗外景色飛逝，夕陽餘暉普照大地。雲彩混著灰藍色的陰影，下半部被夕陽染成暗紅色，在天上拖得又細又長，雲彩的邊緣金光燦然。田裡的稻子都倒下了，或許是風吹的吧。田園的另一邊有整排民房的模糊影像。影像並沒有各別的輪廓，就只是一團黑漆漆的影子罷了。

「真不爽，都我的錯就對了？」父親總算開口，一個人自言自語。

「你沒有錯。可是，媽說要去的時候，你應該好好跟她講清楚。」

佳佳先看看父親，再看看弟弟，父子都是面向窗外，把身體靠在窗戶那一邊。弟弟說話鏗鏘有力，身體卻被安全帶牢牢綁死。腳邊也有一大堆行李，雙腿完全動不了，看上去怪可憐的。

「我不是講清楚了嗎？」

「我記得，你最後也同意要去了。」弟弟說這句話，母親開始得意忘形，順勢替自己開脫：

「對啊，你也同意了。你說你要補眠，還叫我開車。」

「所以是怎樣？我開車就行了是吧？是這樣就對了啦，那好啊。」

佳佳和弟弟表示，父親搞錯重點了。父親不理會姊弟二人，硬要母親停車換他開。車子開到一半，一有爭執就換人開車，未免太莫名其妙，但母親還是不甘願地下車了。

「你也沒阻止你媽啊。」父親開著車子，對兩個兒女抱怨起來：

「不是只有你，佳佳妳也沒阻止妳媽，你們都一樣啦。我好言相勸，難道她就會乖乖聽話？她一直都很任性啦。你們還記得她說什麼嗎？她說反正明天放假，我那是請喪假好嗎？不是度假耶。」
「啊我們剛才也說啦，媽確實也有不對的地方……」
「又怪我。」副駕駛座上的母親突然大叫，血紅的夕陽似乎讓大家失去了理智：
「我只是、只是想全家人一起去旅行而已。又不是整天提出這種要求，不要講得好像我一直都很任性。」
「這不是重點好嗎？」佳佳小聲抱怨，母親好像沒聽到。
「你們不懂啦。我們以前，不是也這樣嗎？我只是希望，看能不能回到以前那樣。一家人跟以前一樣，快快樂樂的。」
「還不是妳害的。」父親嗤之以鼻，母親驚恐地倒吸一口氣。
「一家人沒法跟以前一樣，還不是妳害的。妳的病，還有妳的爛酒品，帶給大家多少困擾妳知道嗎？難得放個假，也不讓我們好好休息。」
「生病又不是媽媽的錯。」佳佳對著前方的父親大叫。

「算了啦，佳佳，都無所謂了啦。反正是我的錯，都是我的錯！」母親在副駕駛座上哭了起來。

「不是啦，我們的意思是……」弟弟一臉嚴肅地想說清楚，但他似乎無法控制好自己的情緒，竟然不小心笑了出來，就在母親哭泣的時候。

「呃，也不是說有什麼不對，該怎麼說咧……」

弟弟的語氣很無奈，他真的對這一切感到很荒唐。

「你是怎樣？」父親卻發火了：

「怎樣？你現在笑了是吧？你覺得只有自己才是對的？」父親回過頭來罵人，整張面容都扭曲在一起，直到發覺弟弟在笑，才恢復面無表情的模樣。父親轉頭望著前方，以一種很嚇人的低沉嗓音，喃喃地說道：

「整天嘻皮笑臉的，難怪你在學校被人霸凌。」

佳佳察覺一旁的弟弟有多震驚。不只是弟弟，母親和佳佳都愣住了。原本在哭泣的母親猛然一驚，叫父親不要說了，語氣形同哀號。佳佳也跳出來，指責父親不該提起無關的事情。她偷看弟弟一眼，弟弟眼睛張得很大，情緒瞬間飆到頂點，還拚命維持面無表情，壓抑即將溢出眼眶的淚水。

「所以我才討厭跟你們在一起。」弟弟勉強擠出了一句話，語氣在顫抖。

「這樣啊？好啦好啦，都是我們當父母的錯，是吧？」父親轉動方向盤，又是一句冷嘲熱諷。母親真的哀號了，求父親不要再說下去。佳佳也叫父親住口：

「你知道自己在說什麼嗎？你知道你剛才講的話是什麼意思嗎？」

「是是是，小的當然清楚。」父親故意用謙卑的口吻相譏。看得出來父親的內心經歷了某種轉變，連他自己也克制不了：

「還霸凌咧，說穿了都是自己的問題，還怪到別人頭上。怎麼不怪自己不長眼亂講話，多管閒事啊？學校和公司都有這種人啦，總是裝出一副很清高的樣子，好像只有自己才是對的。結果惹人嫌，就說自己心理健康出問題，幹不下去了。你對還是不對，是其他人決定的啦。跟你說，我這輩子就沒被人霸凌過。」

弟弟再也忍不住淚水。外頭的陽光照亮了弟弟臉上的淚水，弟弟的嘴唇扭曲，或許是拚命想笑出來吧。田園風景被拋在腦後，夕陽卻無遠弗屆。現在車裡染上了最濃厚的夕陽色彩，快要消失的太陽，綻放著最璀璨的光芒。

怒火再次襲上心頭，憤怒、悲哀，都像那陽光一樣再次冒出來了。夕陽照在電線上，閃耀銳利的銀芒，佳佳全身上下也有一股熱力流竄。從耳朵到眼窩，還有鼻梁都熱了起來。佳佳發出模糊不清的憤恨叫聲，用力踹著駕駛座的椅背。夕陽又一次照在電線上，佳佳踹著椅背的同時，有那麼一瞬間把椅背看成了人形。腳跟就正好踹在那個人形的心窩一帶，父親受到腳力衝擊，整個人往前一震，用力踩下煞車。所有人都安靜了，沉默得令人厭惡。父親打開車門，母親看出他要做什麼，小聲地求他住手。拜託，不要這樣子。哀求的聲音越來越大。父親的呼吸很粗重，肩頭臂膀上下起伏，拳頭都握到慘白了。

佳佳的皮膚很燙，對這一切無法容忍。她一度以為家中問題都是自己的錯，應該好好跟父親道歉，現在看來這種念頭才是錯誤的。她也不是第一次反悔了，本來是兩邊都有錯的事情，卻在某一刻突然變得難以原諒。每次都覺得死也不能原諒，但哭過以後又認為是自己的錯。佳佳真的想不通，沒有一件事情想得通。實際上，等她哭到淚水都乾了，心情終於重拾平靜，也總算想通了一件事。

踹椅背也是一種暴力行為，佳佳在使用暴力的那一刻，也認為自己的行為是正當的。或許父親也是一樣的想法吧，父親對家人使用暴力，他也認為自己是在進行正當的反擊吧，就好比佳佳踹父親椅背一樣。父親確實有容易受傷的一面，他被家人的言語傷害，可能是內心有更盤根錯節的問題。佳佳想起了奶奶，奶奶應該不是唯一的病灶。雖然奶奶已經去世，但回溯她的過往，也會發現某些癥結。大家都在使用暴力，都以為是在正當反擊對方帶來的傷害，佳佳踹父親的椅背，也是出於同樣的念頭。

就算是那樣，就算是那樣，也不該……不該怎樣呢？佳佳想不出來。她想了好久都想不出來。最後佳佳哭累了，車子的震動猶如深沉的浪濤，安撫著佳佳進入夢鄉。

奶奶寫的「恭賀新喜」一直盤踞在佳佳的腦海裡。大人常說，要遠離自己的父母，活出自己的人生，沒必要背負家中的問題。每當大人聽完佳佳的自白，就會說出上面那些話來。佳佳談起自己受傷害的經歷，講得可溜了。可是，對於自己傷害別人的經歷，她卻沒有太真實的感受，沒法說出個所以然來。因此，她永遠只想得出似是而非的答案，不知該做何答覆才好。

佳佳感受著車身的震動，臉頰貼在冰冷的窗戶上。她偷偷張開眼睛，車子一開過有光源的地方，她就緊張地屏住呼吸。車內盡是全家人呼出的氣息，有母親的氣息，父親的氣息，弟弟的氣息，也有佳佳的氣息。彼此吸著對方的氣息生活，怎麼可能不痛苦。佳佳一直都想得到救贖，卻又不希望只有她一個人解脫。

世人都說，要逃離傷害自己的對象，逃離滿是傷痛的地方。不過，每個人或多或少都在互相傷害。佳佳很清楚，沒有人是完全不會傷害別人的。那麼，獨立的個體互相交流，又是怎麼一回事呢？是不是都在彼此不會困擾、不會受傷的範圍內交流互動呢？

至少佳佳對待外人是用這種方式交往的，一旦超越那個範圍，也差不多是該結束關係的時候了。可是，對待家人就不一樣了，佳佳一再反思，是不是真的只能獨自逃離這一切？為自己的健康而逃？還是為自己的生命而逃？把家人拋棄在這種無可救藥的困境中，幾乎比自己受傷還要難受，為什麼大人不明白這一點呢？那些大人提供的建議，就如同把一個孩子丟在火場獨自逃生一樣。每次聽到那種建議，她就痛苦難當。他們是我的父母，也是我的孩子。一家人長年生活在一起，早就互相糾纏難以分開了。大家都在尋求救贖，這跟父母是不是成人沒關係。其實佳佳也明白，父母應該好好照顧孩子，不該反過來依賴孩子。不用其他人說，這點道理她是明白的。她只是想陪伴那些得不到愛的人，陪伴那些受傷的人，想帶著他們一起爬出地獄。所以她才繼續掙扎，但又礙於無力而不斷哭泣。

這種互相拖累，卻又想一起得救的心態，大人們只用一句「依存」來評斷。會說出這種話的大人，多半都是孤零零的個體，佳佳真正想拋棄的是這自私的世道。她一直覺得自己是廢物，給世界添了好多麻煩，沒有資格繼續活下去。然而，她的心中又有一個念頭。現代社會把獨立自主視為最好的生存方式，甚至用各種模稜兩可的說法，批判無法獨立自主的人不夠成熟。這種人世間的教條，對佳佳來說已經沒意義了。她想坐上這輛車，這輛有家人的車，跟他們一起開往天涯海角。

＊＊＊

「……那輛車。」

車子在山路行進，父親終於打破沉默，佳佳聞言也望向「那輛車」。盛夏的黑夜中，兩道紅光照亮了車子的輪廓。四周都是霧氣，輪廓看上去好像幻影。車子在霧海中穿梭，有時不由自主地朝右方開去，差點穿越中線的時候，又會慢慢開回車道中心。父親小聲地說，那個駕駛快睡著了。

「哪裡啊？」半睡半醒的母親，在位子上打呵欠問話。父親用下巴示意左前方。

「真危險……又越線了。」

母親也看懂是怎麼回事了，講話聲越來越清晰，聽著很有精神。佳佳打開睡眼矇矓的雙眼，愣愣地看著火光般的紅色車燈。聽父母的對話，她才對紅光產生一種具體的危機意識。那兩道左右蛇行的紅光，感覺自己盯了好久好久。

剛才窗外還看得到皎潔的明月，活像縫在黑夜上的白窟窿，現在月亮卻深埋在大霧中難以辨識。路面和掛滿乾枯藤蔓的路牆，只有往來的車輛開過時才被照亮。車子開過後，又躲回黑夜的大霧之中。佳佳轉頭望著擋風玻璃，道路就像深色的大海，白線持續在這一片海上浮現，緩緩逼近車子，然後被吸到車子下方。遠方等距的路燈間隔，在視野中逐漸擴大，最後消失在後方。載著一家四口的車子，越走越是孤獨。

父親看對方的車牌號碼，猜測應該是熊谷地區的車輛。弟弟說出車牌的計算方法，母親傻眼地說，大家又開始玩數字遊戲了。佳佳提出了另一個計算方法，父親也說那套方法可行。所謂的數字遊戲，就是用加減乘除來計算車牌號碼，最後要得出十的遊戲。這是小時候父親教他們的，一家人出遊常玩。母親總是勸大家，出來玩就好好看風景。可是當她比其他人更快想出算法時，也會自豪地說出答案。

佳佳心中的情緒又消融了。剛才發生的事情在腦海中回放，卻沒有那麼鮮明了。父親動不動就發火，母親喝醉了就忘記自己做過的事，佳佳想原諒他們，但又無法原諒。不對，當那些傷人的話語說進心坎裡，連該不該原諒都是個問題。或者應該說，真正該討論的是自己值不值得被原諒吧。會不會這一切根本沒什麼奇怪的？佳佳甚至想忘掉這一切。她所認定的言語暴力和肢體暴力，會不會在其他家庭也稀鬆平常？父親說出傷害弟弟的那些話，是不是應該當耳邊風？可是，這麼做似乎又會失去一切。把痛苦當作不存在，佳佳無法忍受。但就連那句傷人的話，也像平常一樣慢慢淡化了。痛苦消融的夜晚總會到來，破曉的時光總會到來。這一切就只是不斷循環罷了。

佳佳微微張開眼皮，一道原木色澤的光芒映入雙眸。她感覺自己的腿好像貼在冰冷的牆面上，那粗糙的牆面振動方式極不尋常，害她差點咬到臉頰內側的肉。

原來車子正在高速行進。

佳佳猛然驚醒，是誰在開車？為何要開這麼快？她還沒搞清楚這些問題，全身就起雞皮疙瘩了。定睛一看，黑暗中有個顫動的物體，慢慢被橙色的光芒照亮。等她看清那是母親的臉龐時，忍不住發出驚呼聲。媽，妳怎麼了？妳要開去哪？佳佳抓住駕駛座的椅背，母親的肩膀震動了一下，整輛車也往旁邊傾斜。黃色的運動衣在光源照射下，看上去有點白。窗戶的反光貼剝落，還黏在窗上的膠帶發出撕扯的聲音。前方不時可看到黑暗凝重的山壁，難以言喻的恐懼感竄上了佳佳的後頸。

「我在開車。」

母親佯裝冷靜時，會用一種口齒不清的語氣，反覆說著同一句話。母親呼吸粗重、牙關緊閉，口中喃喃唸著，她要帶全家人一起去死。那個「死」字聽起來特別尖銳，狠狠灌入佳佳耳中。她緊張地吞了一口口水，因為窗外的景色十分昏暗。車燈勉強照出前方一丁點蜿蜒的道路，車燈照不到的地方一片漆黑，彷彿無路可走。一下子發生這莫名其妙的狀況，也不知道是在懸崖邊、深山裡，還是海岸附近，佳佳整顆心都亂了。到底蜿蜒的道路前方會出現什麼？弟弟和父親都醒著，父親質問母親在幹什麼，語氣也在顫抖。父親壓低重心，從放倒的後座移動到副駕駛座上。

「我要跟你們一起死。既然走到這個地步，也沒其他選擇了。」

叫聲不只從喉嚨爆發出來，圓睜的雙目、雙耳、髮梢，全都爆發出母親的哀號。

「我受不了了。既然都是我生病的錯，都是我的錯，那好。我來結束這一切，反正都是我的錯，我來結束這一切。」

憤怒的咆嘯聲，幾乎乘載不了即將潰堤的情緒。佳佳聽了恍然大悟，原來父親說的那句話，母親一直記在心底，不肯不了了之。方向盤被母親的口水、鼻涕，還有不斷湧出的淚水沾濕，在黑暗中發出晶亮的光澤。緊握住方向盤的雙手在發抖，母親橫打方向盤，車子衝上斜面，整部車的底盤頓時浮空。佳佳本能地發出尖叫，接著又聽到煞車的聲音。也不知道是母親踩下煞車，還是副駕駛座上的父親緊急踩下的，總之車子停下來了。車內的照明亮了起來，父親要揍人了，母親要被揍了。佳佳預期接下來會有父親破口大罵的聲音。

「喂。」沒想到，父親只是拍了一下母親。或許是照明太刺眼吧，父親瞇起眼睛，又喚了母親一聲。母親的腦袋晃了一下，並沒有答話。

「妳腦子有病啊？」

鬧出了這麼大的事，父親只是一副很睏的模樣。這突如其來的劇烈衝突，竟被父親當成微不足道的小事。母親再也不動了，父親搖搖頭，懶得陪母親演這齣鬧劇。他打開車門進入駕駛座，把無力動彈的母親推到副駕駛座上，慢慢將車子倒退回平地。佳佳也看開了，現在做任何事都沒意義，就算她衝上去揪住父親的衣領，哭喊叫罵，父親也只當是無理取鬧。除非真的拖全家人去死，否則父親只會當成幼稚的胡鬧。父親又罵了母親一句白痴，低頭看著車上的導航系統。

「為什麼？」佳佳喃喃自語，她很想問父親，為什麼可以如此殘酷？但她也很清楚，問了也沒意義，只會再生爭端而已。

母親像屍體一樣，一動也不動。睡過一覺以後，大概又會動起來吧。心智被殺害，只剩下一具行屍走肉，用睡眠遺忘這一切，然後再次醒來活動。身體漸漸變得不靈光，但還勉強活著。

一切都淡漠了，在淡漠中一再重複。成了司空見慣的，溫水煮青蛙的地獄。在一場又一場的衝突中，累積了無數小小的惡業，最後墮入地獄。也許地獄中最難受的，不是滾燙又痛苦的刀山血海，也不是在冥河邊服苦役吧。地獄的本質是無間，永遠不會結束，不斷地重複下去。

必須要做出改變才行，至少母親有心做出某種改變。剛才的行為就是訊號，大家必須改變看待的方式才行。問題是，該怎麼做呢？佳佳想不出答案，卻又無法置之不理。她想尋求哥哥的協助，可惜電話打不通。改打大嫂的電話，總算找到人了。佳佳拜託哥哥，請他來這一次就好。用苦苦哀求的方式求哥哥來，佳佳覺得自己很狡猾。然而，她無論如何都必須把哥哥找來。

之後，車子開了一整晚。佳佳睡著了，睡了好一段時間，直到有人戳她的臉頰才醒來。戳她臉頰的，是母親拿在手上的起司鱈魚條。佳佳睜開眼睛，吃下鱈魚條，母親問她好不好吃。她有點搞不清楚狀況，嚼了兩口鱈魚條。薄薄的鱈魚條不好咬斷，一直留在嘴巴裡反覆咀嚼。

「水呢？」佳佳聲音沙啞地討水喝，對面的弟弟找到寶特瓶拿給她。父親也醒著，弟弟盤腿而坐，立起其中一隻腳；父親橫躺在位子上，一隻手撐著腦袋，身邊都是零嘴和甜點的包裝袋。

「我們比較早起。」母親莞爾一笑，背對著戶外的光源。一大清早的，外頭在下雨。感覺一點聲音都沒有，又好像有一點點雨聲。那是一場霧雨，大家看起來都白白的。

這景象好不真實，母親、父親、弟弟都擠在狹窄的車內。佳佳一時以為哥哥也在，但轉念一想，那是不可能的。

「妳要是早點起來，就看得到日出了。」母親替佳佳拴緊寶特瓶之前，自己也喝了一口潤喉。

「……你們都看到日出了？」

「看到了，很漂亮喔，可惜沒多久就下雨了。跟廣告畫面一樣美。」弟弟得意地笑了。

「你喔，就喜歡講這種話。看到漂亮的星空就說像天文館，看到老舊的車站或巷弄，就說像電影或音樂劇的場景。沒一個正經。」母親裝出生氣的表情。

「天文館是姊說的啦。」

「是喔。」

「我懂，確實很像廣告的一幕，很漂亮啊。」橫躺的父親也搭話。

「吼唷，這一家人真是的。不知道雨會不會停啊？」母親開心地自言自語，先用毛巾擦乾手指，再把反光貼掀開。

「不可能啦。這種天氣，火根本燒不起來。」弟弟開始玩手機了。

「我想烤起司鱈魚條來吃，烤得脆脆得很好吃喔。還有，連同剛才買的飯糰一起烤。以前也常用小瓦斯爐烤不是？」

「可是外面下雨啊。」

「你這小子以前常把烤好的飯糰配料挑出來，拿給你媽吃，自己只吃米飯的部分，是有這麼好吃喔？」

父親打開車門，說要去上廁所。綠色的樹木和五顏六色的車子，在霧雨中顯得更加鮮豔明亮。佳佳下意識吸了一口氣，飽含水分的空氣浸潤肺部，睡意和暖意都慢慢消退了。水分流經四肢百骸，視野豁然開朗。身體頓時變得輕盈，撐起身子時，側腹產生痙攣的痛楚。打開手機一看，時間剛過五點半。大嫂傳來一封附帶表情符號的簡訊，說哥哥下午兩點左右會到遊樂園。

「等我回來就出發吧，先收拾好啊。」

父親隨口吩咐，母親溫吞地應好。

開到遊樂園的一路上，天氣時好時壞，意識也在淺眠和清醒間流轉。中午一家人先到餐廳吃午餐，上路後又開到休息站，讓暈車的弟弟好好休息。抵達遊樂園已是兩點半，沿途大家都累到沒話講，反而是件好事。等家人叫醒佳佳時，她品嘗到一種久未有過的情緒，一種想要開懷大玩的心情。

「妳看起來好像小玉。」佳佳一下車，母親就對她說。

「小玉？妳是說小丸子那個？」

「對對。」母親開心地看著女兒，佳佳頭髮綁成辮子，還戴著眼鏡。父親從停車場走回來，掏出買好的票，說應該很快就能入場了。弟弟有氣無力地下車，伸著懶腰。

哥哥搭新幹線和電車來的，佳佳不斷向哥哥道謝。

這座遊樂園開在山腳下，陽光明亮耀眼、熱力四射，彷彿前幾天根本沒下過雨一樣。天空無比湛藍，每走一步，都能感覺到樹木的影子輕撫雙頰，天氣就是這麼晴朗。

「跟以前一樣呢。」母親招起一隻手遮陽，另一隻手在腰部晃來晃去；那雙手再也沒有牽住任何人。遊客中心也跟以前一樣，有加裝揚聲器，會播放園內廣播和歌曲。

動物園區、冒險園區，還有幾個遊樂設施也都還在。全家人玩了卡丁車，拿蔬菜餵食山羊和驢子，母親用相機拍下了每一刻。佳佳在樹叢之間，看到了對面的旋轉木馬遊樂區，想起了過往的回憶，卻再也感受不到甜蜜。

印象中，那裡應該有更吵雜的蟬鳴聲，更多小孩子的嘻鬧聲。當旋轉木馬啟動後，還會播放麵包超人的主題曲。塗成綠色、桃色、黃色的木馬，也會跟著上下躍動旋轉。可是，現在上面沒有任何人，也沒有播放音樂。

佳佳愕然了，她很怕母親發現這個事實，母親和哥哥、弟弟還在看驢子。父親站在一旁看著他們，伸手抓抓後腦勺。佳佳用手機上官網查詢，才知道旋轉木馬暫停服務的消息。

母親是如何注意到的，佳佳已經不記得了。天氣還是一樣晴朗，陽光灑在身上，內心卻產生燒灼的痛楚。

佳佳驚覺不妙的同時，母親已在眾目睽睽下崩潰大哭，而且一發不可收拾。本來以為母親哭夠了，不料她還跑去遊客中心，質問服務人員為何不啟動旋轉木馬。服務人員表示，今天適逢保養日，母親聽了又更加激動。這是她第一次在人前嚎啕哭泣，簡直像瘋了一樣。不過，佳佳也明白母親執著旋轉木馬的原因。家中的客廳有一張母親拍的照片，上面有兒女和丈夫坐在旋轉木馬上的景象。母親一直想再拍一次同樣的照片，她就是想重溫舊夢才提議來這裡的。哥哥勸誡母親，父親也加入勸說的行列。佳佳一句話都說不出口，母親在一旁哭得像個孩子，接著又跑到旋轉木馬旁邊，拜託工作人員啟動旋轉木馬。

遊客也開始注意這場騷動，佳佳在眾人環視下，趕緊叫住母親，想拉她離開。

始終低頭不語的母親，猛然抬起頭來，似乎想到了什麼事。

「不然，讓我們拍張照片也好。」

「客人，您這樣我們很困擾，到時候其他小朋友也會吵著要騎上去拍照。」

「那我們不是白來了嗎！」

母親放聲大叫：

「我們跑了很遠才來的，這趟旅行很重要，拜託讓我們拍張照片就好。我們只是想一家人坐在木馬上，拍張照片而已。反正旋轉木馬就在這裡，有什麼關係？也不會給你們添麻煩啊，不是嗎？」

「呃，這位客人……」

「來，快上去。」母親拉著佳佳走向旋轉木馬。

「妳別鬧了！」哥哥也動氣了。

風一吹，哭泣和叫罵的聲音，還有周圍的竊竊私語聲全都捲在一起，一時間什麼也聽不到。太陽更烈了，佳佳一腳踩在柵欄上，雙手緊緊抓住欄杆。金屬吸收陽光的熱力，摸起來很燙。佳佳跳到沙地上，拍了拍手掌，尋找適合拍照的木馬。以前佳佳騎的是一匹白色木馬，頭上還戴著王冠。她輕撫馬背和馬頭，一躍而上，叫母親趕緊把握良機。

母親連忙舉起手機。

「爸，你也來啊。」佳佳呼喚父親，父親愣在原地。

「葛格。」話一出口，哥哥只是用一種無奈的眼神看著佳佳她們。

「底迪。」佳佳改叫弟弟，弟弟不曉得跑哪去了，可能是去上廁所了吧。

枝葉隨風搖曳，牽動整片山林鳴動，其他遊客都湊過來看熱鬧。哥哥轉移了昏暗的目光，不再看向佳佳和母親，正好弟弟回來了，衣服都紮進褲子裡。哥哥拍拍弟弟的背，帶他走向遊樂園出口。佳佳想叫他們留下來，卻開不了口。

「笑一個！佳佳，來，笑一個！」母親說道。

佳佳一隻手從木馬上放開，豎起兩根手指，裝出笑盈盈的表情。全身燥熱難耐，好多人都在看她，哥哥和弟弟都走了。佳佳心想，自己是不是丟人丟大了？但她立刻說服自己，身上的燥熱是烈陽高照的關係。

那一天，高掛的艷陽令人痛苦，夕陽西下也令人痛苦。不把痛苦怪到其他人事物身上，連要活著都有困難。細究人們互相帶來的痛苦，佳佳發現一切都是這麼無可奈何。人類並不是所有暴力的源頭，太陽廣照大地，成為萬物的生命之源。換言之，是天上的暴力滲透人類的血液，一代一代傳承下去。所以，痛苦一定是天上的太陽造成的。回去以後，佳佳發覺自己沒法走下車，於是她決定怪罪到老天爺頭上。就這樣，她直接住在車子裡，每天由母親開車載她上學。

外頭好像有什麼聲音，醒來時已經聽不到了。佳佳想起昨晚有火災發生，消防車多次在鎮上穿梭。耳朵裡似乎還殘留著警笛響遍小鎮的聲音，但她不知道火災發生的地點。

有摩托車停在對面人家，對面響起郵箱開闔的聲音，摩托車又騎走了。自從那次旅行後，佳佳在車上住了半年。就當作自己在車宿，車裡待起來反而比房間舒適。不用勉強自己起床，母親也會直接載她去學校。雖然不發動引擎時沒有冷暖氣，但在車窗上貼個反光貼就沒什麼問題了。

水喝得不多，也不需要頻繁上廁所。想洗澡或上廁所，去附近的便利商店或公園，再不然去澡堂也就夠了。佳佳實在不願意晚上回家，所以都在其他時間回家吃飯洗澡。總之車上就是拿來起居的地方，至於為何要這樣做，她自己也說不清楚。父親責罵母親，說母親太寵女兒，也責罵女兒太過任性。父親說得也沒錯，每天早上母親會先準備便當，送佳佳去高中上學，再去上班，下班就去學校接佳佳。佳佳一回到家，脫下衣服放進洗衣機洗，順便利用時間沖澡。衣服洗好晾乾後，她就帶著新衣服回到車上，放倒後座的位子，鋪上墊子做好就寢的準備。

只要佳佳睡在車上，父親就沒法在外頭罵人，也沒法拖她下車。更何況，佳佳開始睡在車上以後，終於又肯上學了。或許是這個緣故，父親也漸漸放棄了吧。等太陽下山，母親又開始發酒瘋，佳佳已經不在家裡了。父親都很晚回家，夜晚就只有母親一個人。偶爾，佳佳會陪母親吃飯，或是在車裡吃，不然就是到外頭買東西吃。

母親敲了車門兩下，看嘴型是在叫佳佳。佳佳打開車門，母親就站在外頭，替佳佳擋住撲面的寒風。母親一屁股坐上來，問她睡醒了沒。

「睡醒了。」

「有鮭魚和海帶芽口味的，想喝豬肉湯的話，就進來家裡吧。」母親從一個老舊的塑膠袋裡，拿出用鋁箔紙包好的飯糰。

「謝謝，我吃海帶芽的好了。」

母親坐上駕駛座，佳佳也立起後座的椅背。引擎一發動，車子震了一下。

陽光照耀明媚春色，車子開下坡道，路面上未乾的雨水閃爍銀芒，給人一種即將晴空萬里的預感。佳佳壓低身子換裝，以免被路人看光。她先穿上長襪，換上制服，頭髮全部綁到後腦杓，這樣就不必在意睡覺壓到的痕跡了。頭髮一綁好，眼角也跟著往上吊，弟弟說那模樣簡直判若兩人。佳佳用車窗當鏡子，左右擺動腦袋。

車子開過山區岔道，行經寺廟和市民中心，在肉鋪的轉角過彎，一路開過住宅區。現在走的這條路，連接這一帶最近的車站和隔壁車站。車子穿越高架鐵路下的隧道，來到車站北邊的出口，之後開進便利商店的停車場。這間便利商店，就在車站的階梯旁邊。

母親停好車熄火後，說父親今天會回來家裡。佳佳一時聽不懂母親在說什麼，父親平常只是晚回家，但每天都會回來啊？佳佳反問母親是怎麼回事，母親也聽出佳佳的疑問，解釋父親這幾天回到片品的老家。

「喔對，要整理老家的東西是吧。」佳佳總算聽明白了。去年夏天那棟房子沒人住了，親戚們商量要在秋天的時候拆掉。但荒廢的庭園沒人想打理，就決定等雜草枯死再動工，工期一直延宕到現在。

「對啊，好像挺花時間的，連續忙兩天了。」

「那棟房子東西很多嘛，他們有找業者處理不是？」佳佳笑了。

「那是接下來的事情。上午他們一家人打掃完，下午就要交給業者了。」

「他要回老家，我卻用了他的車，真不好意思。」

「大伯有去宇都宮載他啦，不要緊的。」

母親回頭問佳佳，要用的東西有沒有備齊？佳佳叫母親放心，從副駕駛座的椅背上抽起毛巾，再拿起繡有小鹿圖樣的布袋，站到車門外。那個布袋是小學時母親縫製的，原本用來裝口風琴，現在用來裝牙刷、杯子、洗面乳、梳子等盥洗用具。每天早上，佳佳會從便利商店的停車場，走到旁邊的公園給水區。

那座公園很小，連鳥兒都不會停下來歇息。在特定的季節和時間，甚至會被車站的影子罩住。裡面只有一小塊玩沙的地方和長椅，旁邊就是給水區。

水中夾雜金屬味，含在嘴裡感覺更加冰涼。佳佳用水刷牙洗臉，水在快要碰到雙手的那一刻，彷彿被手掌吸過去似地，稍微改變了流向。漱完口把水吐出來，水中有綿密的泡泡，落入銀色的排水口中。佳佳用手指揉搓眼睛，順便洗過睫毛，這才抬起頭。正好，有一群小學生排隊過馬路，她趕緊用毛巾遮住臉，把頭轉過去。

佳佳在長椅上坐了下來，遠方有朦朧的蒼翠山景，還有寬廣的河流，山腳下還看得到一家大型醫院。沙地上插了一支塑膠製的藍色小鏟子，走回停車場時，又碰到另一批小學生要過馬路。低著頭走在最後面的小朋友，抬頭看到前方小朋友的背影，趕緊追了上去。佳佳看著這幅景象，跨過地上的車擋，一腳踩在碎石地上。回到車上，母親在便利商店買了兩杯拿鐵，放在飲料架上。母親說，左邊沒加砂糖的那杯是她的。後座的佳佳伸手拿起自己那杯，母親又說起最近小學生的書包顏色繁多。

遠方的建築物和山脈，沐浴在柔和的朝陽下，附近的住宅區卻是灰濛濛一片。

車子開到學校，佳佳從停車場走向更衣室。學生還沒到齊，反倒是體育老師先到了。老師一看到佳佳，便叫住她。老師擺出擊球的動作，說她上次考試遲到，這次要補考。

佳佳向老師道歉，老師說沒關係，等一下考試會找社團成員幫忙。交代完以後，老師叫她趕緊去換裝。老師用半開玩笑的口吻，臉上的表情也很開朗，但看不到任何感情。

學校生活一如往常，忘記帶課本或作業一樣會被罵。好在次數比以前少了，改善的原因連她自己也不清楚。不曉得自己為何痛苦的人，也不會知道自己何以復原。然而，確實有幾個老師和同學特別關心佳佳。她一樣沒法離開車子生活，但像以前那樣哭泣哀號的日子減少了。總覺得內在有一部分死透了，整個人茫茫然的。

操場上寒風呼嘯，幾個怕冷的同學搓揉肩膀取暖，爬上通往器材室的坡道，坡道上有枯萎的芒草。棒球社的投手丘高高隆起，對面有沙塵吹過來。三月天的早晨光景，佳佳感受著陽光聚集在胸口一帶。

全班同學排成兩列，兩兩一組做暖身運動。一開始先做上體前屈，再來張開雙腿，雙手往前伸。運動服有一股刺鼻的汗味，佳佳側著臉貼近同學的背部，按壓對方的胸口和肩膀，穿著運動外套的背部被太陽曬得好暖。背部突起凹凸不平的脊椎骨，那位同學感覺比她還嬌小，壓得太用力生怕會壞掉。之後換佳佳張開雙腿，同學輕輕按壓她的背部。一道刺眼的強光照來，佳佳閉起眼睛，黑暗的視野逐漸變紅。鼻子嗅到塵土的味道，同學用力按壓兩下，還關心佳佳會不會痛。

暖身運動做完，體育老師把該交代的交代好，招招手叫佳佳過去。另一位軟式網球社的同學也被叫過去，幫忙做發球員。

占用了同學的練習時間，佳佳先向對方道歉。女同學笑著說沒關係，雙方先練習一會傳接球後，考試正式開始了。

「快，秋野，快跑啊。」有好幾球佳佳沒打到，球滾到好遠的地方，每次都跑到好遠的地方撿球。重複了幾次，佳佳已經氣喘吁吁，最後再向同學道謝。

體育課結束後，同學們紛紛拿出英文教科書。一打聽，原來下一堂要到其他教室上課。佳佳獨自回到班上，從個人置物櫃拿出教科書，好幾張夾在裡面的講義都皺掉了。佳佳趕在上課前抵達教室，老師舉起一隻手跟她打招呼，還順手摸了一下佳佳的腦袋。老師說，下禮拜要表演英文短劇。

「今天講的是哪一頁的內容啊？」佳佳請教同學。

「呃呃……」旁邊的男同學翻找課本，另一位女同學好心指出頁數。

佳佳平常上課都在打瞌睡，教科書上的字體也歪七扭八，她自己看了都不好意思。

第六堂課快結束時，佳佳從教室的窗戶，看到一輛白色的車子開上學校旁邊的坡道。車子轉過T字路口時，光線照射的角度改變，整輛車看起來煥然一新。

課一上完，佳佳飛快衝上車回家。到家後母親下車，佳佳打開國文筆記，準備重新整理上課重點。

突然有人輕輕敲打車窗，抬起頭一看，竟然是父親站在外頭。佳佳點點頭，父親才進到駕駛座來。好久沒看到父親坐上這部車了。佳佳以為父親要用車，正準備下車，父親卻說沒關係，還邀她坐到副駕駛座。佳佳大吃一驚，愣愣地看著父親。

父親穿著一件褪色的條紋襯衫，那件襯衫都洗到縮水，母親也說該丟掉了，但父親還是拿來穿。父親駝背的毛病，穿那件襯衫更加明顯。

「好吧。」佳佳坐上副駕駛座。

佳佳問要去哪裡，父親說要去車站前的超市買東西。父親驅車開過國道，在抵達車站前的路口轉彎，開往隔壁的車站。這邊的車站只有一個驗票口，出了驗票口，左右兩邊分別是南面出口和北面出口，由於兩邊的開發差距太明顯，所以也有「正門」和「後門」之稱。也不知道這名字是誰取的，總之當地人都這麼稱呼。南面出口有一個圓環，周圍有連鎖居酒屋和補習班，走進商店街旁邊的另一條道路，會看到一棟大型商業設施，那是佳佳念小學時蓋起來的建築。至於「後門」有公園、銀行提款機，再走一段路還有幾間年代久遠的商店，剩下的就是住宅和田地了。該區日照不足，又有不少樹木，因此大白天也頗昏暗。記得超市就在「後門」那一帶。

佳佳過好一陣子才發現，父親開過頭了。車子經過陌生的醫院，陌生的高爾夫球場，陌生的道路。

「應該要在剛才那一條大馬路轉彎吧？」佳佳提醒父親，父親一時有點困惑，隨口應和了一聲。看不出父親有回頭的打算，佳佳凝視父親的側臉，越來越不安。車子開到佳佳不熟悉的道路，想必父親對這條路也不熟悉。

「不是要去超市？」佳佳又一次提醒父親，父親才終於調頭。途中經過另一家超市，父親開進那家超市的立體停車場。超市的自動門一打開，店內滿是結帳收銀的聲音。佳佳拿起一旁的橘色購物籃，父親說購物籃他拿就好。二人走過冰冷的生鮮食品區，走入人流之中。父親拿起一袋巧克力放進籃子，看到父親買巧克力，佳佳有點想笑，抬頭看著父親。父親又買了洋芋片，還有現成的配菜。母女倆一起出來購物時，可不會買這些東西。父親嚷嚷著要買牛奶，在店內踱步尋找，找到了又放進籃子裡。

回到停車場，父親說可以拿想吃的東西來吃，佳佳就打開一包巧克力來吃。

「功課很難嗎？」父親關心佳佳的課業。佳佳心想，父親上車前有看到她在寫功課，所以應該是在問那個吧。

「很難啊。」佳佳回答。

「這樣啊。」

「不過，國文挺有趣的。」

「是喔。」

車子來到一條種滿行道樹的道路，櫻花還沒有開。

「剛才我不是回片品的老家嗎？」父親突然提起老家的話題。

「怎麼了嗎？大伯他們過得還好嗎？」

「啊，嗯。」車子開到商店街，佳佳放心了，這條路她很熟悉。父親沉默了一會，終於打開話匣子。佳佳才發現父親有話想說，靜靜等待父親開口。父親斷斷續續說出自己的心裡話：

「那個啊，老家裡，有放幾本相簿。」

「什麼相簿？」

「就小孩子，小時候的照片。」商店街的號誌變紅燈了。

「是喔。」

「好像是妳奶奶整理的，每個小孩都有一、兩本。上面註明每個小孩名字的英文拼音，好比大姑姑就註明『NAOKO』，大伯是『KOICHI』，登美枝姑姑則是『TOMIE』。」

佳佳隨意應付著。

「翻來翻去……」父親喃喃自語地說：

「就是沒有我的。」

後方的道路人聲鼎沸，很熱鬧。

「我猜想可能放在別的地方，找了半天就是找不到。最後我放棄了，都交給業者收拾了。」

父親死盯著前方，陽光灑在道路上，像一層半透明的簾幕。佳佳閉起眼睛。

她回想著片品的那棟屋子。屋裡滿是塵埃，但採光還算良好，塵埃被戶外的光芒照得閃閃發光。

父親趴著尋找相簿的影像，清楚浮現在她腦海中。父親彎起早已挺不直的背脊，尋找小時候的相簿。

一開始，大伯找到了自己的相簿，還叫父親過來看。接著，又找到了兩個姑姑的相簿。大伯打開相簿，重溫舊夢。父親背對開心的大伯，尋找自己的相簿。他打開櫃子的抽屜，裡面只有信件、念珠，以及裝有首飾的茶葉罐。關上抽屜時，響起了沉重的撞擊聲。搬開疊在一起的書本，檢閱每一個資料夾，找不到，又關上一個抽屜。下一個抽屜的資料夾蒙了厚厚一層灰，拍乾淨打開來看，找不到，又關上一個抽屜。父親起身環顧四周，又跪了下來翻找佛壇後方，翻找古書下方，翻找紙箱裡面。也不曉得到底有沒有自己的相簿。佳佳想像著父親駝背翻找相簿的情景。

父親找了多久？找了多久才死心？找了多久才決定放棄？佳佳想像父親當下的心境，她好想阻止父親，勸父親不要找那種東西了。可是，腦海中的父親依然彎著腰，在陽光中持續翻找相簿。穿著條紋襯衫的父親，曾經為人子女的父親，不停地翻找相簿。佳佳感覺喉嚨和舌頭深處有什麼東西卡住，眼淚也流了下來。腦海中的父親，聽不到她的呼喚。

父親緊握著方向盤，手掌在發抖，佳佳終於明白了。這一條又白又細的手臂青筋暴現的模樣，她看過無數次。拳頭用力捏緊的時候，關節都會捏成白色，她被那雙拳頭毆打過無數次。

前方有男女老幼在等著過馬路。綠燈亮起，群眾邁步前行。如果現在父親踩下油門，會發生什麼事？一念之差，又是一個地獄浮現。這是絕對不能發生的事情。然而，佳佳還是忍不住想像，想像人群被車撞倒，車子衝撞附近的電線桿，父女倆雙雙身亡的景象。父親鬆開方向盤，抹了一把臉。

「我到底活著幹麼？」父親自言自語，淚水也不斷落下。泣不成聲的哀號，衝出了佳佳的喉嚨。她知道哀號安慰不了父親，淚水也安慰不了。可是，她克制不了自己的情緒，除了發洩出來沒有其他辦法。淚水早晚會哭乾，但停止哭泣不代表希望到來。大哭一場後，淚水乾了，頂多只能放下一點重擔，鬆開緊握的拳頭。以憤怒為行動力，遠比這簡單、輕鬆。放下心中的憤怒，放鬆被命運打得千瘡百孔的僵化心靈，是一件非常痛苦又殘酷的事情。

佳佳淚眼婆娑地看著街道。她看到了差點被車子衝撞的路口，看到了有人想用來自殺的高樓，看到了有人不敢跳下去的鐵道，看到了有人想拿來上吊的杉木，看到了差點載著一家人共赴黃泉的車輛。街道充斥著緊繃的氣息，差別只在於那些壞事有沒有真的發生。然而，整體看上去卻又莫名平靜。應該說，連那些可能發生憾事的緊繃氣息，都顯得好平和。淡淡的陽光曬痛了肌膚，沒有選擇死去的父親，就坐在佳佳的旁邊。所謂的活著，純粹是沒死去的結果罷了。大家都忘了昨日的地獄，活在當下的地獄裡。父親只是剛好在那個路口、在那條鐵道邊、在窗口的另一邊，剛好選擇繼續活下來而已。父親只是持續拒絕死亡，才勉強活了下來，如此而已。

群眾悠閒地走過馬路，父親沒有踩下油門，沒有拖其他人去死。路上陽光普照，宣告著春暖花開。

Eurasian Publishing Group 圓神出版事業機構
圓神出版社 Eurasian Press

www.booklife.com.tw
reader@mail.eurasian.com.tw

小說緣廊 026

車上的女兒

作　　者／宇佐見鈴
譯　　者／葉廷昭
發 行 人／簡志忠
出 版 者／圓神出版社有限公司
地　　址／臺北市南京東路四段 50 號 6 樓之 1
電　　話／(02) 2579-6600 · 2579-8800 · 2570-3939
傳　　真／(02) 2579-0338 · 2577-3220 · 2570-3636
副 社 長／陳秋月
書系主編／李宛蓁
責任編輯／胡靜佳
校　　對／胡靜佳・周婉菁
美術編輯／蔡惠如
行銷企畫／陳禹伶・蔡謹竹
印務統籌／劉鳳剛・高榮祥
監　　印／高榮祥
排　　版／杜易蓉
經 銷 商／叩應股份有限公司
郵撥帳號／ 18707239
法律顧問／圓神出版事業機構法律顧問　蕭雄淋律師
印　　刷／祥峯印刷廠
2023 年 3 月　初版

定價 320 元　　ISBN 978-986-133-866-8

聯合歸鄉服務提供的不是別墅買賣或寄宿服務，而是一種生活風情，

讓各位找回失去的故鄉情懷，重溫那段往日時光。

我們從美國直接引進這套計畫，目前僅提供高級會員使用。

為您獻上歸鄉情懷。

——淺田次郎《有母親等待的故鄉》

國家圖書館出版品預行編目資料

車上的女兒 / 宇佐見鈴 著；葉廷昭 譯.
-- 初版. -- 臺北市：圓神出版社有限公司，2023.3
168面；14.8×20.8公分（小說緣廊；26）

ISBN 978-986-133-866-8（平裝）

861.57　　112000154